슬픈 카페의 노래

슬픈 카페의 노래

THE BALLAD OF
THE SAD CAFÉ

카슨 매컬러스 장영희 옮김

열림원 세계문학 ⑥

열림원

사랑이 신비로운 이유는, 혼자만의 것이기 때문이다.
누군가를 사랑하는 사람은 본능적으로 알고 있다.
자신의 사랑이 고독한 것임을.

차례

슬픈 카페의 노래 ······ 9

옮긴이의 말 ······ 137
카슨 매컬러스 연보 ······ 149

마을은 황량하기 그지없다. 방적 공장과 직공들이 사는 방 두 칸짜리 집들, 복숭아나무 서너 그루, 색유리 창 두 개가 있는 교회, 그리고 고작해야 1백 미터도 안 되는 볼품없는 큰길 말고는 이렇다 할 만한 것이 하나도 없다. 그나마 토요일에는 근처 농장의 소작인들이 와서 물건도 팔고 이야기도 나누지만, 그때를 제외하고는 이 마을은 이 세상에서 완전히 동떨어진 곳같이 외롭고 슬프다. 이곳에서 가장 가까운 기차역은 소사이어티 시티역이고, 그레이하운드와 화이트 버스 노선도 4, 5킬로 정도 떨어진 포크스폴스 도로를 이용한다. 이곳의 겨울은 짧지만 혹독하고, 여름은 작열하는 태양으로 하얗게 불타오른다.

8월의 오후, 큰길을 따라 걷다 보면 도무지 할 만한 일이라고는 없다. 마을 한가운데에는 큰 건물이 하나 있는데 완전히 판자로 둘러쳐져 있고 오른쪽으로 심하게 기울어서 언제라도 무너져내릴 것 같이 보인다. 그 집은 이 마을에서 제일 크고 아주 오래된 건물이다. 그 건물을 볼 때면 무언가 이상한 느낌, 마치 중간에 금이라도 가 있는 집을 보는 듯한 묘한 기분이 든다. 그러나 좀 더 자세히 보면, 오래전에 현관 오른쪽과 벽 한쪽을 칠한 흔적이 보이는데 그 작업이 미완성인 상태로 남아 한쪽이 다른 한쪽보다 색이 짙고 더러워서 금이 간 것처럼 보인다는 사실을 알게 된다. 그 건물에는 아무도 살지 않는 듯하다. 그렇지만 이 층에 유일하게 판자로 막지 않은 창이 하나 있고, 한여름의 열기가 기승을 부리는 늦은 오후가 되면 가끔씩 손 하나가 천천히 덧문을 연다. 그리고 간혹 꿈속에서 보는 섬뜩하고, 희미한 얼굴 하나가 나타나 마을을 내려다본다. 성별을 알 수 없는 창백한 얼굴에 회색빛 사팔눈은 너무 심하게 가운데로 쏠려 있어서, 두 눈이 남몰래 간직한 슬픔을 나누며 서로 은밀히 마주 보고 있는 듯하다. 그 얼굴은 한 시간가량 창가에서 서성거린다. 그리고 덧문이 다시 닫히면 큰길은 적막해진다. 이런 8월의 오후, 교대 근무도 끝나고 딱히 할 일이 없다면 포크스폴스 도로를 따라 내려가서 쇠사슬에 묶인 죄수들의 이야기나 듣는 편이 나을 것이다.

   한때는 이 마을에도 카페가 하나 있었다. 지금 판자로 막아놓은 이 건물은 그때만 해도 인근에서 좀처럼 볼 수 없는 카페였다. 식탁보 위에 종이 냅킨이 놓인 테이블이 있었고, 선풍기에는 색색의 종이 리본이 휘날렸으며, 토요일 밤에는 늘 손님들로 북적거렸다. 이곳의 주인은 미스 어밀리어 에번스였다. 하지만 이곳이 그렇게 번창하고 즐거운 곳이 된 데에는 '사촌 라이먼'이라 불리는 꼽추의 공이 컸다. 이 카페 이야기를 하자면 빼놓을 수 없는 또 다른 인물이 있다. 그는 어밀리어의 전 남편으로, 교도소에서 장기 복역을 마치고 마을로 돌아와서 결국 카페를 망하게 하고는 다시 제 갈 길로 가버린 포악한 사람이었다. 카페가 문을 닫은 지는 이미 오래되었지만, 마을 사람들은 여전히 이 카페를 기억하고 있다.

   사실 그곳이 원래부터 카페는 아니었다. 미스 어밀리어가 아버지에게 이 건물을 물려받았을 때만 해도 주로 사료와 비료, 곡식이나 코담배 같은 생필품을 파는 가게였다. 미스 어밀리어는 부자였다. 그 가게 말고도 5킬로 정도 떨어진 늪지에 양조장을 운영해서 이 지역 최고의 술을 빚어냈다. 그녀는 키가 큰 데다가 골격이나 근육도 마치 남자 같았다. 짧은 머리는 뒤로 빗어 넘겼고, 햇볕에 그을린 얼굴에는 어딘지 모르게 긴장과 피곤함이 감돌았다. 지금보다는 덜했지만 그때도 마찬가지로 사팔뜨기였는데, 그것만 아니었다면 그래도 꽤 잘생긴 여자였을 것이다. 그녀와 결혼하고 싶어 하는 남자들도 제법 있었지만 어밀리어는 남자의 사랑 따위는 필요 없다는 듯, 혼자 살았다. 한 번한 결혼은 이 지역에서 전무후무할 정도로 이상했다. 이상하고 위험천만한 결혼 생활은 고작 열흘 만에 끝났고 마을 사람들은 놀라움과 충격에 휩싸였다. 이 잠깐의 결혼 생활 말고 미스 어밀리어는 내내 혼자였다. 그녀는 종종 작업복과 고무장화 차림으로 늪지에 있는 자신의 오두막에 가서 양조장 증류기의 약한 불을 지키며 혼자 밤을 지새웠다.

어밀리어는 인간의 손으로 만들 수 있는 모든 것을 만들고 팔아서 재산을 불려갔다. 이웃 마을에 곱창과 소시지를 만들어 팔았고, 청명한 가을날에는 사탕수수를 갈아서 시럽을 만들었는데, 그녀가 만든 사탕수수 당밀은 짙은 황금색을 띠면서 아주 섬세한 맛을 냈다. 그녀는 목수 일에도 능해서 아무런 도움 없이 혼자서 불과 이 주일 만에 가게 뒤에 벽돌로 된 옥외 변소를 짓기도 했다. 단 한 가지, 어밀리어가 능숙하게 해내지 못하는 것이 바로 사람들과의 관계였다. 그도 그럴 것이, 사람들은 물건과 달라서 우격다짐을 하거나 상대방이 아플 때를 제외하면, 이리저리 손을 댄다고 해서 순식간에 더 쓸모 있고 이윤이 나게끔 만들기가 힘들었다. 어밀리어가 사람들에게 관심을 가질 때는 오직 그들을 이용해서 돈을 벌 때뿐이었다. 그리고 실제로도 그 방면에서 그녀는 성공적이었다. 작물과 토지 저당권에다가, 제재소 부동산이나 은행 예금액 등을 합치면 그녀는 인근에서 첫째로 꼽히는 부자였다. 한 가지 결정적인 단점만 없었다면 그녀는 아마 국회의원만큼 부자가 될 수도 있었을 것이다. 그 단점이란, 소송이나 재판을 지나치게 좋아한다는 것이었다. 아무리 사소한 일이라도 그녀는 소송을 걸었고, 진 빠질 정도로 오래 걸려도 그것을 즐겼다. 그녀가 길을 가다가 돌부리에 넘어져도 고소할 대상을 찾아 본능적으로 주위를 두리번거릴 거라고 이야기할 정도였다. 이런 소송사건들을 제외하고는 그녀의 삶은 대체로 안정적이었고 똑같은 날들의 반복이었다. 열흘간의 결혼 생활을 제외하고는 서른이 되던 그해 봄까지 그녀의 삶에 변화를 가져올 만한 일은 전혀 일어나지 않았다.

그해 4월의 어느 고즈넉한 밤, 시간은 자정을 향하고 있었다. 하늘은 늪지에 피어나는 아이리스의 푸른빛이었고 달은 주위를 청명한 빛으로 비추고 있었다. 봄 농작물은 풍년을 약속하고 있었고, 지난 몇 주 동안 방적 공장은 야간 근무를 하고 있었다. 냇가 아래쪽에 자리 잡은 네모반듯한 벽돌 공장 건물은 노란 불빛을 뿜어내고 있었고 윙윙 돌아가는 직조기 소리가 희미하면서도 규칙적으로 들려오고 있었다. 멀리 어두운 들판 너머로 연인과 사랑을 나누러 가는 흑인의 구성진 노랫가락이라도 들리면 딱 좋을 그런 밤이었다. 아니면 조용히 앉아서 기타를 치거나, 아무 생각 없이 그냥 혼자 앉아 쉬어도 좋을 법한 밤이었다. 거리는 지나가는 사람 하나 없이 한적했지만, 미스 어밀리어의 가게엔 환하게 불이 켜져 있었고 현관 입구에는 다섯 사람이 모여 있었다. 그중 한 명, 스텀피 맥페일은 불그스레한 얼굴에 섬세한 보랏빛 기운이 도는 아주 작은 손을 가진 공장장이었다. 계단 맨 위에는 작업복 차림의 쌍둥이 레이니 형제가 있었는데, 둘 다 똑같이 깡마른 데다가 행동이 느렸고, 은발에다 잠에 취한 듯한 푸른 눈을 하고 있었다. 맨 아래 계단 가장자리에 앉아 있는 헨리 메이시는 인사성 밝고 예의 바르지만 유난히 겁이 많고 수줍음을 잘 탔다. 미스 어밀리어는 커다란 장화를 신은 발을 포갠 채, 열려 있는 문 한쪽에 기대서서 무심히 주워 든 밧줄의 매듭을 끈기 있게 풀고 있었다. 그들은 말 한마디 없이 꽤 오랫동안 그렇게 있었다.

제일 먼저 입을 연 사람은 인적 없는 길을 내려다보고 있던 쌍둥이 중 하나였다.

"뭔가 오고 있는 것 같은데?"

"고삐 풀린 송아지쯤 되겠지."

다른 쌍둥이가 말했다. 아직 너무 멀리 있어서 다가오는 형체가 무엇인지 확실히 알아볼 수 없었다. 꽃이 만발한 복숭아나무들은 달빛 속에서 길가를 따라 구불구불하게 어슴푸레한 그림자를 늘어뜨리고 있었다. 복숭아꽃과 달콤한 봄풀 향기가 근처 습지의 시큼하고 훈훈한 흙냄새와 어우러져 대기 속에 퍼졌다.

"아냐, 뉘 집 어린애 같은걸."

스텀피 맥페일이 말했다. 미스 어밀리어는 아무 말 없이 길을 내려다보았다. 그녀는 그사이 밧줄을 내려놓고 뼈마디가 굵은 갈색 손으로 작업복 멜빵을 만지작거리고 있었다. 그녀가 얼굴을 찡그리자 검은 머리카락 한 타래가 이마 위로 흘러내렸다. 그들이 그렇게 기다리는 동안, 길 아래 어느 집에선가 개 한 마리가 거칠고 사납게 짖다가 누군가 소리를 지르자 잠잠해졌다. 다가오는 형체가 현관의 노란 불빛 안으로 들어서서야 그들은 그것이 무엇인지 뚜렷이 볼 수 있었다.

그는 낯선 나그네였다. 이 시간에 외부인이, 그것도 걸어서 마을에 들어온다는 것은 드문 일이었다. 게다가 사내는 꼽추였다. 키는 140센티도 될까 말까 했고, 무릎까지 내려오는 더러운 누더기 코트를 걸치고 있었다. 휘어진 두 다리는 너무 가늘어서 그 구부정한 가슴과 어깨 위에 얹힌 혹의 무게를 지탱하는 것조차 힘들어 보였다. 머리통이 무척 컸고, 움푹 들어간 푸른색 두 눈에 작은 입술의 윤곽이 뚜렷했다. 얼굴은 양순해 보이면서도 어딘지 좀 뻔뻔스러운 구석이 있었다. 먼지를 뒤집어써서인지 창백한 얼굴은 누렇게 보였고, 눈 밑에는 연한 보라색 그늘이 져 있었다. 손에는 한쪽이 찌그러져 밧줄로 묶은 여행용 가방이 들려 있었다.

"저기, 말씀 좀 묻겠는데요."

꼽추가 말하더니 이내 숨을 헐떡거렸다. 현관에 있던 어밀리어와 남자들은 아무런 대꾸 없이 빤히 바라보고만 있었다.

"저…… 미스 어밀리어 에번스를 찾고 있는데요."

어밀리어는 머리카락을 쓸어 넘기며 턱을 치켜들었다.

"무슨 일로요?"

"우리는 친척 사이거든요."

쌍둥이 레이니 형제와 스텀피 맥페일이 동시에 어밀리어를 쳐다보았다.

"내가 어밀리어인데, 친척이라니 무슨 소리죠?"

"그러니까……."

꼽추는 이야기를 시작했다. 그는 금방이라도 울음을 터뜨릴 것 같이 불안해 보였다. 계단 바닥에 가방을 내려놓았지만 그대로 손잡이를 잡은 채였다.

"우리 어머니 이름은 패니 제섭인데, 고향이 치호예요. 어머니는 30년 전에 첫 남편을 따라 고향을 떠나오셨고요. 어머니에게 마사라는 이복동생이 있다고 들은 기억이 나는데, 오늘 치호에 들렀다가 마을 사람들에게 마사가 댁의 어머니라는 말을 들었어요."

미스 어밀리어는 머리를 갸우뚱거리며 이야기를 듣고 있었다. 그녀는 일요일에도 늘 혼자 식사를 했고, 한 번도 집에 친척들이 찾아와서 북적거린 적이 없었고, 누구와 친척 간이라는 말을 들은 적도 없었다. 예전에 치호에서 말 보관소를 운영하고 있던 이모할머니가 있었지만, 지금은 죽고 없었다. 그 이모할머니를 제외하고 한 30킬로 떨어진 마을에 사는 팔촌뻘 되는 먼 친척이 하나 있기는 했지만, 어밀리어와는 사이가 좋지 않아서, 어쩌다 마주치면 서로 길가에 침을 뱉었다. 몇몇 사람들이 가끔 미스 어밀리어와 먼 친척 간이라고 주장하고 나선 적도 있었지만 한 번도 성공한 적이 없었다.

꼽추는 현관에 앉아 있는 사람들에게는 전혀 생소한 장소나 이름들을 들먹이면서 이야기의 요지와는 전혀 상관이 없는 말을 횡설수설하기 시작했다.

"그러니까 패니와 마사 제섭은 이복자매이고요, 나는 울 어머니가 세 번째 결혼해서 낳은 아들이고, 그래서 댁과 나는······."

말을 하다 그치고 그는 허리를 굽혀 짐을 풀기 시작했다. 지저분한 참새 발톱 같은 그의 손은 떨고 있었다. 가방 속에는 넝마 같은 옷가지 몇 벌과 재봉틀 부품 같아 보이는 이상한 잡동사니들이 잔뜩 들어 있었다. 꼽추는 그 속을 뒤져서 오래된 사진 하나를 꺼내 들었다.

"이게 우리 어머니와 이복 여동생 사진이고요."

미스 어밀리어는 턱을 좌우로 천천히 움직일 뿐, 아무 말도 하지 않았다. 그러나 표정을 보니, 무언가 생각하고 있음을 알 수 있었다. 스텀피 맥페일은 사진을 불빛에 비추어 보았다. 두세 살쯤 되어 보이는 창백하고 여윈 어린애들이 담겨 있었다. 아주 작고 희미한 얼굴들로, 어느 누구의 사진첩에라도 한 장씩은 있을 법한 오래된 것이었다. 스텀피 맥페일은 아무 말도 하지 않고 사진을 돌려주었다.

"어디서 왔수?"

그가 물었다.

"그냥 이리저리 떠돌고 있었는데……."

꼽추가 기어들어 가는 소리로 말했다.

 미스 어밀리어는 여전히 아무 말도 하지 않은 채 문 한쪽에 기대서서 꼽추를 물끄러미 내려다보고 있었다. 헨리 메이시는 초조한 듯 눈을 깜박이며 손을 비벼댔다. 그러고는 아무 말 없이 계단에서 일어나더니 슬그머니 가버렸다. 그는 워낙 마음이 착한 사람이라 그 꼽추의 처지가 안쓰러웠을 것이다. 그래서 미스 어밀리어가 이 가엾은 나그네를 집에서 쫓아내고 급기야는 마을 밖으로 몰아내는 것을 보고 싶지가 않았던 것이다. 꼽추는 맨 아래 계단에 가방을 열어놓은 채로 두고 서서 코를 훌쩍이며 입을 씰룩거렸다. 어쩌면 자신의 초라한 처지를 새삼 깨닫기 시작했는지도 모른다. 쓰레기 같은 잡동사니만 가득 찬 가방 하나를 들고 아무 연고도 없는 마을에 나타나서 미스 어밀리어의 친척이라고 우기고 있는 자신이 얼마나 황당하고 비참한지를 말이다. 아무튼 그는 갑자기 계단에 주저앉아 울기 시작했다.

  난생처음 보는 꼽추가 한밤중에 가게를 찾아와서는 주저앉아 울음을 터뜨리는 것은 흔한 일이 아니었다. 어밀리어는 손으로 이마의 머리카락을 쓸어 올렸고, 남자들은 어찌할 바를 모른 채 서로 얼굴만 쳐다보고 있었다. 꼽추의 울음소리 외에 주변에서는 아무 소리도 들리지 않았다.

  마침내 쌍둥이 중 하나가 말문을 열었다.

  "이 사람도 모리스 파인스타인 같은 작자 아냐?"

  모두들 그 말의 의미를 알기에 고개를 끄덕이며 수긍했다. 그러나 그들이 무슨 말을 하는지 영문을 알 수 없는 꼽추는 더더욱 크게 울어댔다. 모리스 파인스타인은 수년 전 이 마을에 살았던 유대인이었다. 동작이 민첩하고 빠른 그는 사람들이 예수 살인자라고 부르면 울음을 터뜨렸고, 매일 소화가 잘 되는 빵 한 조각과 연어 통조림을 먹었다. 집 안에 무슨 불행한 일이 생겨서 소사이어티 시티로 이사를 하게 됐는데, 어쨌든 그 이후로 누구든 까다롭게 굴거나 질질 짜기라도 하면 모리스 파인스타인 같은 작자로 통했다.

  "글쎄, 좀 괴로운 일이 있어 보이는걸."

스텀피 맥페일이 말했다.

"무슨 이유가 있겠지."

미스 어밀리어는 천천히 두 걸음 만에 현관을 가로질렀다. 그러고는 계단을 내려가 이상한 나그네를 물끄러미 바라보며 서 있었다. 그리고 기다란 손가락 하나로 꼽추의 등 혹을 가만히 건드렸다. 꼽추는 여전히 흐느끼고 있었지만 조금은 안정을 되찾은 듯했다. 밤은 고요했고 달은 여전히 부드럽고 밝게 빛나고 있었지만, 점점 싸늘한 기운이 돌기 시작했다. 그때 미스 어밀리어가 좀처럼 하지 않던 행동을 했다. 바지 뒷주머니에서 술병 하나를 꺼내어 손바닥으로 병 입구를 쓱 문지르더니 꼽추에게 마시라고 건네주었다. 어밀리어는 외상으로 술을 파는 일이 거의 없었고, 한 방울이라도 공짜로 술을 준다는 것은 절대 있을 수가 없었다.

"마셔봐요. 기분이 좀 나아질 테니."

꼽추는 울음을 멈추고 입 주위에 흘러내린 눈물을 혀로 깔끔하게 핥고 나서 그녀가 시키는 대로 했다. 꼽추가 술을 마시고 병을 건네주자, 이번에는 어밀리어가 천천히 한 모금을 마셔 입안을 따뜻하게 헹군 후 뱉어내고 다시 마셨다. 쌍둥이 형제와 공장장은 자기들이 돈을 내고 산 술병을 들고 있었다.

"술맛이 참 부드럽네요, 미스 어밀리어. 역시 이 집 술은 뭔가 달라도 달라."

스텀피 맥페일이 말했다. 그날 밤 그들이 마신 위스키(큰 것으로 두 병)는 아주 의미심장하다. 그것이 아니었다면 그 다음에 생긴 일에 대해 설명하기가 어려웠을 것이다. 또한 애당초 그 술이 없었다면, 필시 그 카페도 없었을 것이다. 미스 어밀리어의 술에는 무언가 아주 특별한 게 있었다. 혀 끝에서는 정갈하면서도 짜릿한 맛을 내고, 일단 배 속으로 들어가면 화끈한 기운이 오랫동안 몸을 훈훈하게 녹이는 것이다. 그것뿐이 아니다. 백지 위에 레몬즙으로 메시지를 쓰면 글씨가 보이지 않는 것은 당연하다. 그러나 그 종이를 잠시 동안 불에 대고 있으면 글씨가 갈색으로 변해 그 내용을 분명히 알아볼 수가 있다. 위스키가 바로 그 불이고, 메시지는 한 인간의 영혼 속에 쓰인 글이라고 상상해보자. 그러면 어밀리어가 만든 술의 진가를 이해할 수 있을 것이다. 그냥 무심히 흘려버렸던 일들, 마음속 깊이 은밀한 구석에 숨겨져 있던 생각들이 불현듯 모습을 드러내고 마침내 이해가 되는 것이다. 직조기와 저녁 도시락, 잠자리, 그리고 다시 직조기, 이런 것들만 생각하던 방적공이 어느 일요일에 그 술을 조금 마시고는 늪에 핀 백합 한 송이를 우연히 발견하게 되지도 모른다. 손바닥에 그 꽃을 올려놓고 황금빛의 정교한 꽃받침을 살펴볼 때 갑자기 그의 마음속에 고통처럼 날카로운 향수가 일게 될지도 모른다. 처음으로 눈을 들어 1월 한밤중의 하늘에서 차갑고도 신비로운 광휘를 보고는 문득 자신의 왜소함에 대한 지독한 공포로 심장이 멈추어버리는 듯한 느낌이 들지도 모른다. 미스 어밀리어의 술을 마시면 이런 일들을 경험하게 된다. 고통을 느낄 수도, 기쁨을 느낄 수도 있지만 결국 이 경험들이 보여주는 것은 진실이다. 그 술을 마시면 영혼이 따뜻해지고 그 안에 숨겨진 진실을 보게 되는 것이다.

그들은 자정이 지나도록 술을 마셨다. 달이 구름에 가려 밤은 춥고 어두웠다. 꼽추는 아직도 몸을 웅크리고 머리를 무릎에 얹은 채 맨 아래 계단에 앉아 있었다. 미스 어밀리어는 두 번째 계단에 한쪽 발을 올려놓고 주머니에 손을 넣은 채 서 있었다. 그녀는 한동안 아무 말도 없었다. 그녀의 얼굴은 약간 사시인 사람들이 깊은 생각에 빠져 있을 때 보이는 그런 표정을 짓고 있었다. 어떻게 보면 아주 지혜로워 보이고 또 어떻게 보면 좀 얼빠진 듯한 표정이었다. 이윽고 그녀가 말문을 열었다.

"이름이 뭔지 모르겠네요."

"라이먼 윌리스예요."

꼽추가 말했다.

"들어와요. 스토브에 아직 음식이 좀 남아 있으니까."

미스 어밀리어의 일생을 통틀어 누군가를 초대해서 함께 식사를 한다는 것은 극히 드문 일이었다. 어떤 식으로든 그 사람을 이용하거나 돈을 긁어낼 계획이 아니었다면 말이다. 현관에 있던 사람들은 무언가 잘못되어간다고 느꼈다. 나중에 그들은 어밀리어가 오후 내내 늪지에서 술을 마시고 와서 취한 상태였을 것이라고 수군거렸다. 어쨌든 그녀는 그렇게 해서 현관 앞을 떠났고 스텀피 맥페일과 쌍둥이 형제도 각자 자기들 집으로 돌아갔다. 어밀리어는 가게 문을 잠그고 물건들이 잘 정리되어 있는지 둘러보고는 가게 뒤에 있는 부엌으로 갔다. 꼽추는 가방을 질질 끌고 더러운 외투 소매로 연방 훌쩍거리는 코를 닦으면서 그녀를 따라갔다.

"앉아요. 그냥 있는 대로 음식을 데워줄 테니까."

어밀리어가 말했다.

그날 밤 그들이 함께한 식사는 꽤 호화스러운 것이었다. 미스 어밀리어는 부자였고, 자기가 먹는 음식에 관한 한 인색하게 굴지 않았다. 식탁은 닭튀김과(꼽추는 가슴살을 자기 접시에 담았다) 짓이긴 루타베가와 양배추, 그리고 노릇노릇하게 구운 뜨거운 고구마 요리로 차려졌다. 미스 어밀리어는 천천히, 농부같이 맛을 음미하며 식사를 했다. 그녀는 팔꿈치를 식탁 위에 얹고 상체를 굽힌 채 다리를 벌려 발을 의자 가로대 위에 올려놓고 앉아 있었다. 꼽추는 몇 달 동안 굶은 사람처럼 게걸스럽게 음식을 해치웠다. 식사 도중 눈물 한 방울이 그의 더러운 뺨 위로 흘러내렸지만 아까 현관 앞에서 울 때 미처 흘려보내지 못한 눈물이었을 뿐, 별다른 의미가 있는 것은 아니었다. 심지 끝이 잘 다듬어진 등잔은 식탁 위에서 푸른빛을 내며 타올랐고 부엌에는 밝고 유쾌한 분위기가 감돌았다. 미스 어밀리어는 식사를 끝낸 후 빵 한 조각으로 접시를 잘 닦아내고는 자신이 직접 만든 투명하고 달콤한 시럽을 빵 위에 부었다. 꼽추도 어밀리어를 따라 했지만, 먹던 접시를 닦는 대신 새 접시를 달라며 꽤 까다롭게 굴었다. 식사가 다 끝나자 미스 어밀리어는 의자를 뒤로 젖히고는 오른쪽 주먹을 꼭 쥐더니 깨끗한 푸른색 셔츠 소매 안의 단단하면서도 유연한 팔 근육을 다른 손으로 만져보았다. 식사를 마치면 그녀가 늘 무의식적으로 하는 행동이었다. 그러고 나서 그녀는 식탁 위에 있는 등을 집어 들고 꼽추에게 자기를 따라오라는 신호로 계단 쪽으로 고갯짓을 해보였다.

가게 위층에는 미스 어밀리어가 평생 지내온 방이 세 개 있었다. 두 개의 방 사이에 커다란 응접실이 하나 있었다. 이곳은 구경해본 사람조차 별로 없었지만, 아주 좋은 가구로 으리으리하게 꾸며져 있고 지독하게 깨끗할 거라고 알려져 있었다. 그런 어밀리어가 지금 어디서 왔는지조차 알지 못하는 더러운 꼽추를 데리고 그곳에 올라가고 있는 것이다. 미스 어밀리어는 등잔을 높이 들고 천천히 한 번에 두 계단씩 올라갔다. 꼽추가 그녀를 바싹 따라붙어서, 흔들리는 등잔 불빛 아래 계단 벽에 그려진 두 사람의 그림자는 커다랗고 구불구불하게 하나로 엉켜 있었다. 이윽고 이 층도 마을의 다른 집들처럼 불이 꺼졌다.

다음 날 아침 해가 뜨자 하늘은 장밋빛과 연보라색으로 물들었고, 마을은 평화롭고 아늑했다. 들판은 밭고랑마다 새로 쟁기질이 되어 있었고 아침 일찍부터 농부들은 진녹색 담배 모종을 심고 있었다. 들까마귀들은 날렵한 푸른 그림자를 드리우며 들판 위로 낮게 날았다. 마을 사람들은 도시락을 들고 집을 나섰다. 공장의 창문들은 태양에 반사되어 눈부신 황금빛을 띠었다. 대기는 맑고 신선했으며, 복숭아나무는 꽃이 만발하여 3월의 뭉게구름처럼 밝게 빛났다.

  미스 어밀리어는 여느 때처럼 새벽녘에 가게로 내려왔다. 그녀는 펌프로 물을 올려 머리를 감고 곧바로 일을 시작했다. 얼마 후 그녀는 노새에 안장을 채우고 목화를 심어놓은 포크스폴스 도로 위쪽에 자리 잡은 자기 땅을 둘러보러 갔다. 정오쯤 되자 마을에는 지난밤 미스 어밀리어의 가게로 찾아온 꼽추에 대해서 모르는 사람이 하나도 없었다. 하지만 아직 아무도 그를 보지 못했다. 날은 금세 더워졌고, 정오의 하늘은 짙은 푸른색으로 물들어갔다. 그때까지도 그 이상한 낯선 손님을 본 사람은 없었다. 미스 어밀리어의 엄마에게 이복언니가 있었다는 것을 기억하는 사람이 몇 있기는 했지만, 그 언니가 죽었다는 둥, 아니면 담배 포장 업자와 도망갔다는 둥, 의견이 분분했다. 대부분의 사람들은 꼽추의 주장은 꾸며낸 것이라고 생각했다. 미스 어밀리어가 어떤 사람인지 알고 있는 마을 사람들은 분명히 그녀가 꼽추에게 밥만 먹인 후 내쫓았을 것이라고 결론지었다. 그러나 하늘빛이 희끄무레해지는 저녁 무렵 교대 근무도 끝났을 때, 마을 여자 하나가 어밀리어의 가게 위층 창문에서 흉하게 일그러진 얼굴을 봤다고 주장하고 나섰다.

당사자인 미스 어밀리어는 입을 굳게 다물고 있었다. 그녀는 가게에서 물건을 팔고, 어떤 농부와 쟁기 자루에 대해 한 시간가량 말다툼을 했으며, 닭장을 고치고, 해 질 녘 문을 잠그고 자기 방으로 올라갔다. 꼽추에 관한 수수께끼는 여전히 풀리지 않은 채 이런저런 소문만 무성할 뿐이었다.

다음 날 미스 어밀리어는 가게 문을 열지 않았고, 안에서 문을 잠그고는 아무도 만나지 않았다. 소문이 떠돌기 시작한 것은 바로 그때였다. 너무나 끔찍한 소문이라 이 마을 사람들은 물론, 인근의 다른 마을 사람들까지 놀라지 않을 수 없었다. 그 소문을 퍼뜨린 사람은 멀리 라이언이라는 방적공이었다. 별로 특기할 만한 것은 없는 사람이었는데 얼굴빛은 누렇고 발을 질질 끌고 다니는 줏대 없는 사람이었다. 그는 사흘 간격으로 말라리아 증세를 보여서 사흘에 한 번씩 열에 들떠 있었다. 그래서 이틀간은 침울하고 시무룩해 있다가도, 사흘째 되는 날에는 생기가 돌면서 대부분 터무니없긴 하지만 가끔은 한두 가지 그럴듯한 제안을 내기도 했다. 멀리 라이언이 갑자기 몸을 돌리면서 이렇게 말한 것도 그가 열에 들떠 있을 때였다.

"난 미스 어밀리어가 한 짓을 알고 있어. 그 남자가 들고 온 가방 속에 무언가 있었고, 그게 탐나서 그 남자를 죽인 거라고."

 그는 마치 명백한 사실을 진술하듯 침착하고 단호하게 말했다. 한 시간도 못 돼서 그 소문은 온 마을에 퍼졌다. 그날 마을 사람들이 지어낸 이야기는 참으로 잔혹하고도 듣기 민망한 것이었다. 사람들을 전율케 하는 요소는 모두 갖추고 있었다―이름 모를 꼽추 하나가 등장한다, 한밤중에 시신을 늪에 매장한다, 미스 어밀리어가 마을 길로 끌려 나와 감옥에 끌려간다, 그녀의 재산이 누구에게 갈 것인가를 놓고 싸움이 일어난다 등등, 마을 사람들은 쉬쉬하며 수군거렸고, 이야기는 되풀이될 때마다 섬뜩한 사실들이 새롭게 보태졌다. 비가 오는데도 마을 아낙네들은 빨래 걷는 것조차 잊고 있었다. 미스 어밀리어에게 갚을 돈이 있는 한두 명은 마치 무슨 축제일이나 되는 것처럼 나들이복으로 갈아입기까지 했다. 사람들은 마을 큰길에 삼삼오오 모여서 어밀리어의 가게를 쳐다보며 쑥덕댔다.

 그러나 마을 전체가 이 사악한 축제에 참여했다고 말할 수는 없다. 몇몇 지각 있는 사람들은 부자인 미스 어밀리어가 그깟 쓰레기 같은 잡동사니를 뺏으려고 떠돌이 꼽추를 죽여 인생을 망칠 리가 없다고 판단했다. 마을에는 선량하다고까지 말할 수 있는 사람이 셋 있었는데, 그들은 재미

삼아서라도 이렇게 굉장한 소동을 야기하는 범죄가 저질러지는 걸 원치 않았다. 그들은 미스 어밀리어가 교도소 쇠창살에 매달리는 것도, 애틀랜타로 보내져 전기의자에서 사형당하는 것도 원치 않았다. 이 세 명의 착한 이들은 마을의 다른 사람들과 다르게 생각했다. 만약 어밀리어처럼 어느 모로 보나 다른 사람들과 상반되고 저지른 잘못이 하도 많아서 한꺼번에 기억해내는 것조차 불가능한 사람이 있다면, 그 사람을 판단하는 데 있어서는 무언가 특별한 기준이 필요하기 마련이다. 그래서 이 세 사람은 미스 어밀리어가 애당초 얼굴이 검고 어딘가 별난 모습으로 태어났고, 고독한 홀아비 밑에서 엄마 없이 성장했으며, 어렸을 때 이미 키가 190센티였으니, 여자로서는 비정상인 데다, 습관이나 생활 방식이 상식적으로 이해하기에는 너무도 특이하다는 것을 생각해냈다. 무엇보다도 먼저 그들이 떠올린 것은 그녀의 그 이상하기 짝이 없는 결혼이었다. 그 결혼은 이제껏 이 마을에서 일어난 일들 중 가장 불가사의한 사건이었다.

  이러한 이유로 선량한 사람들은 어밀리어에게 거의 동정에 가까운 감정을 느꼈다. 그래서 그녀가 빚쟁이 집에 쳐들어가서 재봉틀을 끌어내 온다거나 법적인 문제에 지나치게 몰두하는 등, 그녀 특유의 공격적인 방법으로 일을 처리하는 것을 볼 때면, 그들은 분노와 함께 내심 재미를 느끼면서도, 또한 뭐라 말할 수 없는 깊은 슬픔이 어우러진 감정을 느꼈다. 그러나 선량한 사람들이라고 해봤자 고작 세 명뿐이니 그들 이야기는 접어두기로 하자. 그 외 다른 마을 사람들은 이 상상 속의 범죄를 두고 오후 내내 축제처럼 즐겼다.

이상하게도 미스 어밀리어는 이 모든 상황을 전혀 모르고 있는 듯했다. 그녀는 거의 온종일 위층에서 시간을 보냈다. 가게에 내려왔을 때도 작업복 주머니에 양손을 깊숙이 찔러넣고 턱이 셔츠 앞깃에 파묻힐 정도로 고개를 푹 숙인 채, 태평스럽게 이리저리 어슬렁거릴 뿐이었다. 그녀의 몸 어디에도 핏자국 같은 것은 없었다. 가끔은 멈춰 서서 손가락으로 짧은 머리카락을 꼬고 무언가 혼자 중얼거리며 마룻바닥의 갈라진 틈을 물끄러미 내려다보기도 했다. 하지만 그날 그녀는 대부분의 시간을 위층에서 보냈다.

이윽고 날이 저물고 사방에 어둠이 깔렸다. 오후에 내린 비로 날씨가 추워져 겨울처럼 황량하고 음산했다. 하늘엔 별도 없었고, 얼음같이 차가운 보슬비가 내리기 시작했다. 집집마다 밝혀진 등잔불은 슬픔에 잠긴 듯 흔들리며 깜박였다. 한줄기 바람이 일었다. 마을 옆쪽의 늪지가 아니라 북쪽의 차갑고 어두운 소나무 숲에서 불어오는 바람이었다.

  모든 집의 시계가 여덟 시를 알렸다. 그러나 여전히 아무 일도 일어나지 않았다. 하루 종일 무시무시한 살인 이야기를 하고 난 후 맞이하는 황량한 밤이 무서워 어떤 사람들은 집 밖에 나오지도 못하고 난롯가에 꼭 붙어 있었다. 다른 사람들은 거리 여기저기에 함께 모여 있었다. 여남은 명의 남자들은 미스 어밀리어의 가게 현관 앞에 모여 있었다. 그들은 아무 말 없이 무언가를 기다리고 있었다. 그러나 자신들이 도대체 무엇을 기다리고 있는지 알지 못했다. 어떤 중대한 행동이 목전에 임박해 있을 때, 사람들은 이런 식으로 모여서 기다리는 법이다. 그리고 잠시 후 모두들 똑같은 행동을 하게 될 순간이 온다. 그 행동은 개개인의 의지나 생각에서 나오는 것이 아니라 그들의 본능이 합쳐져 집단적인 결정으로 내려지는 것이다. 그리고 문제가 조용히 해결되느냐, 아니면 그 단체 행동이 약탈, 폭력, 범죄로 이어지느냐 하는 것은 운명에 달려 있다. 남자들은 미스 어밀리어의 가게 앞에서 침착하게 기다리고 있었다. 아무도 앞으로 무엇을 어떻게 해야 할지 알지 못했지만, 지금은 기다려야 할 때이고 결판의 시간이 다가오고 있다는 것만큼은 모두 알고 있었다.

이윽고 가게 문이 열렸다. 가게 안은 불이 환하게 켜진 채 평소와 다른 점이 없었다. 왼쪽으로는 카운터가 있었는데, 거기에는 닭고기 덩어리와 얼음사탕과 담배가 진열되어 있었다. 그 뒤로는 염장 육류와 곡류가 진열된 선반들이 있었다. 오른쪽에는 주로 농기구 같은 것들이 들어차 있었다. 왼쪽 뒤편으로는 층계로 통하는 문이 하나 있었는데, 그 문은 열려 있었다. 그리고 가게의 맨 오른쪽에는 어밀리어가 사무실이라고 부르는 작은 방으로 통하는 문이 또 하나 있었는데, 이 문 역시 열려 있었다. 그날 저녁 여덟 시에 어밀리어는 종이 몇 장을 앞에 놓고 만년필로 무언가를 계산하면서 책상 앞에 앉아 있었다.

 사무실은 환하게 밝았고, 미스 어밀리어는 가게 앞에 마을 사람들이 모여 있는 것을 모르는 듯했다. 그녀 주변의 모든 물건은 평상시처럼 완벽하게 정리되어 있었다. 이 마을 사람이라면 이 사무실에 대해 모르는 사람이 거의 없었다. 사람들은 여기에 오면 분위기가 좀 무시무시하다고 했다. 이곳은 바로 미스 어밀리어가 모든 일을 처리하는 곳이었다. 책상 위에는 정성스럽게 덮개를 덮어 모셔놓은 타자기가 있었다. 그녀는 타자를 꽤 잘 치지만 아주 중요한 서류를 작성할 때에만 사용했다. 서랍 안에는 몇천 장에 달하는 서류가 알파벳순으로 철해져 있었다. 이 사무실은 그녀가 환자를 보는 곳이기도 했다. 그녀는 의사처럼 사람들을 진료하는 것을 즐겼고 실제로 많은 환자를 돌봤다. 두 개의 선반에는 수많은 유리병과 잡다한 도구가 꽉 차 있었고, 벽 쪽에는 환자들이 앉는 긴 의자가 놓여 있었다. 그녀는 상처가 덧나지 않도록 불에 달군 바늘로 상처를 꿰맬 줄도 알았고, 화상을 치료하는 시원하고 향기로운 시럽도 갖고 있었다. 알려지지 않은 질병에는 그녀만 아는 비법으로 만든 여러 가지 약들을 사용했다. 그 약들은 창자를 자극해 쾌변을 도와주지만, 어린아이들에게는 경련을 일으키기 때문에 처방하지 않았다. 아이들에게는 완전히 다른 종류의 훨씬 순하고 단맛이 나는 물약을 처방했다. 그녀는 여러 면에서 좋은 의사였다. 뼈마디가 굵고 투박한 손이었지만, 환자들을 다룰 때는 부드러웠다. 그녀는 연구도 많이 한 편이어서 수백 가지의 다양한 치료법을 알고 있었다. 아주 위험하고 예외적인 치료법을 시도하는 것도 주저하지 않았고, 어떤 질병이라도 맡는 걸 겁내지 않았다. 그러나 예외가 하나 있었다. 그녀는 부인병이라면 전혀 손을 쓰지 못했다. 아니, 부인병이란 말만 들어도 그녀는 안색이 흐려졌다. 그러고는 부끄러워서 말 한마디 못하는 덩치 큰 어린애처럼 목을 길게 빼거나, 고무장화를 맞비비면서 그냥 있었다. 하지만 사람들은 다른 질병에 대해서만큼은 그녀를 믿었다. 그녀는 어떤 경우에도 치료비를 받지 않았고, 사무실은 늘 환자들로 북적댔다.

그날 저녁, 미스 어밀리어는 만년필로 무언가 많은 것을 쓰고 있었다. 그렇다 하더라도 가게의 어둠침침한 현관에 사람들이 모여 자신을 지켜보고 있다는 것을 모를 리는 없었다. 때때로, 그녀는 하던 일을 멈추고 고개를 들어 그들을 물끄러미 바라보았다. 그러나 어밀리어는 그들에게 왜 할 일 없는 사람들처럼 청승맞게 자기 가게 앞에서 어슬렁대고 있냐고 소리 지르지 않았다. 사무실에 앉아서 일할 때면 늘 그렇듯이 그녀의 얼굴은 도도하고 엄숙하기까지 했다. 얼마 후 그녀는 사람들이 자신을 주시하고 있다는 것에 적잖이 신경을 쓰는 것 같았다. 빨간 손수건으로 뺨을 닦으며 일어나더니 사무실 문을 닫아버렸다.

이때, 현관 앞에서 기다리고 있던 무리는 미스 어밀리어의 행동을 작전 개시 신호로 받아들였다. 드디어 때가 온 것이다. 으스스하고 음산한 밤을 뒤로하고 오랫동안 기다린 이들은 바로 지금이 행동을 개시해야 할 때라는 것을 본능적으로 느꼈다. 그들은 마치 한 사람의 의지에 따라 움직이듯 가게 안으로 들어왔다. 여덟 명의 남자들은 모두 똑같았다. 푸른색 작업복을 입은, 머리가 대부분 희끗희끗한 그들은 마치 꿈을 꾸는 얼굴을 한 채 눈동자가 고정되어 있었다. 그 무리가 어떤 행동을 할지는 아무도 몰랐다. 순간 계단 위쪽에서 무슨 소리가 들렸다. 사람들은 그쪽을 올려다보고는 충격에 휩싸인 채 멍하니 멈춰 섰다. 자신들의 상상대로라면 이미 살해되었어야 할 꼽추가 바로 눈앞에 서 있었던 것이다. 더군다나 꼽추의 모습은 그들이 상상하던 것과는 거리가 멀었다. 그는 이제 더 이상 세상에서 버림받아 구걸이나 하고 다니는 그런 불쌍하고 더럽고 말 많은 난쟁이가 아니었다. 꼽추는 여태껏 그들이 본 그 누구와도 다른 모습을 하고 있었다. 섬뜩한 정적이 흘렀다.

꼽추는 그가 밟고 있는 마룻바닥의 널빤지 하나하나까지도 다 자기 소유인 양 거만하게, 그리고 천천히 계단을 내려왔다. 지난 며칠 동안 그는 아주 많이 변해 있었다. 우선 믿을 수 없을 정도로 깨끗해 보였다. 여전히 짧은 코트를 입고 있었지만 코트는 이전과 다르게 아주 말끔히 손질되어 있었다. 코트 안에는 어밀리어의 것이 분명한 빨간색과 검은색의 체크무늬 셔츠를 받쳐 입고, 보통 남자들이 입는 긴 바지 대신에 무릎 정도까지 내려오는 꼭 끼는 반바지를 입고 있었다. 깡마른 다리에 검은 스타킹과 발목까지 끈을 매는 아주 특이한 신발을 신고 있었는데 왁스로 닦아서 광을 낸 듯했다. 연두색 숄을 목에 둘러 유난히 크고 창백한 귀를 거의 다 덮고 있었고, 숄의 밑부분은 마룻바닥에 끌릴 지경이었다.

  그는 꼽추 특유의 뻣뻣한 잔걸음으로 가게를 가로질러 이미 들어와 있는 무리의 가운데에 섰다. 사람들은 한 발 물러서 꼽추가 들어설 자리를 내주고는 손을 옆으로 축 늘어뜨린 채 눈을 크게 뜨고 멍하니 서 있었다. 꼽추는 아주 이상한 행동을 했다. 그는 보통 사람의 허리 정도에 해당하는 눈높이에서 모든 이들을 하나하나 쳐다보았다. 그러고는 사람들의 하반신, 즉 허리부터 발끝까지 찬찬히 뜯어보았다. 다 보고 난 후 그는 눈을 감고는 방금 본 것이 썩 기대에 미치지 못한다는 듯 머리를 좌우로 흔들었다. 그러더니 자신의 판단이 맞는다는 것을 확인하기라도 하려는지 머리를 뒤로 젖히고 후광같이 자신을 둘러싸고 있는 사람들의 얼굴을 천천히 하나씩 빙 둘러보았다. 이렇게 사람들을 관찰하고 나서 꼽추는 가게의 왼편에 있는 반쯤 찬 비료 자루 쪽으로 가서 그 위에 앉았다. 짧은 다리를 꼬고 편안하게 자리 잡더니 코트 주머니에서 무엇인가를 끄집어냈다.

얼마 지나지 않아 가게 안에 있던 사람들은 어느 정도 안정을 되찾은 듯했다. 먼저 말을 꺼낸 사람은 그날 소문을 퍼뜨린 장본인이자 사흘거리로 말라리아를 앓던 멀리 라이언이었다. 그는 꼽추가 만지작거리고 있는 물건을 보고 허스키한 목소리로 물었다.

"갖고 있는 게, 그게 뭐요?"

사실 그곳에 있는 모든 사람들은 꼽추가 만지작거리고 있는 물건이 무엇인지 이미 알고 있었다. 그것은 미스 어밀리어의 아버지가 쓰던 코담뱃갑이었다. 뚜껑에 정교한 금세공 장식이 된 파란색 칠보 담뱃갑이었다. 사람들은 놀라지 않을 수 없었다. 그 물건에 대해서 잘 알고 있었기 때문이다. 그들은 닫혀 있는 사무실 쪽을 조심스럽게 쳐다보았다. 어밀리어가 낮게 휘파람을 불고 있는 소리가 들렸다.

"아, 그게 뭐냐고 묻잖아!"

꼽추는 재빨리 고개를 쳐들고는 말했다.

"뭐긴 뭐겠어, 남 일에 참견하기 좋아하는 사람들을 잡는 덫이지."

꼽추는 짧은 손가락을 민첩하게 움직여서 그 상자 속에 집어넣더니 무언가를 꺼내 먹었다. 곁에 있는 사람에게 한 번 맛보라고 권하지도 않았다. 그가 먹고 있는 것은 코담배가 아니라 설탕과 코코아가 섞인 사탕이었다. 그래도 그는 마치 진짜 코담배인 양, 조금씩 떼어서 아랫입술에 얹어놓고 혀를 날름 내밀어 깨끗하게 빨아 먹었는데, 그럴 때마다 얼굴이 흉하게 일그러졌다.

"항상 머리가 찌뿌드드해서 말이야."

그는 마치 설명이 필요하다는 듯 덧붙여 말했다.

"그래서 난 이런 달짝지근한 코담배를 애용하지."

남자들은 여전히 그의 주변에 모여 있었지만 다소 머쓱한 기분으로 당황해하고 있었다. 그러나 한편으로 그들은 곧 다른 기분, 서로 친숙해지는 느낌, 어딘지 모르게 축제 같은 분위기를 느끼기 시작했다. 그날 저녁, 그곳에 있던 사람들의 이름을 말하자면 헤이스티 멀론, 로버트 칼버트 헤일, 멀리 라이언, T. M. 윌린 목사, 로서 클라인, 립 웰본, 헨리 포드 크림프와 호러스 웰스였다. 윌린 목사를 제외한 나머지 사람들은 앞에서 말한 것처럼 여러 면에서 비슷했다. 이런저런 일에서 기쁨을 느끼고 또는 눈물 흘리거나 괴로워하며 살아왔고, 대부분이 일부러 화나게 만들지만 않는다면 아주 유순한 사람들이었다. 모두 방적 공장에서 일을 했고, 월세가 10달러나 12달러인 방 두세 칸짜리 집에서 다른 사람들과 함께 살았다. 그날이 토요일이었기 때문에 모두 오후에 주급을 받은 상태였다. 그래서 현재로서는 그들을 하나로 생각하는 게 좋겠다.

그러나 꼽추는 이미 나름대로 이 사람들을 이리저리 분류하고 있었다. 일단 편안하게 자리를 잡고는 거기에 있는 모든 사람과 이야기를 나누기 시작했다. 결혼은 했는지, 나이는 몇인지, 보통 일주일에 받는 급료가 얼마인지 등등, 웬만큼 친분이 있는 사람들에게나 묻는 사적인 질문들을 거침없이 하고 있었다. 얼마 있지 않아 다른 마을 사람들도 가게로 몰려들었다. 헨리 메이시를 비롯해서 뭔가 예사롭지 않은 낌새를 눈치챈 마을의 백수들, 돌아오지 않는 남편을 찾으러 온 여자들, 심지어는 살금살금 가게 안으로 들어와서는 동물 모양 크래커를 한 상자 훔쳐서 아무도 모르게 도망가는 아이도 있었다. 이렇게 해서 가게는 사람들로 북적댔지만, 정작 당사자인 미스 어밀리어는 사무실 문을 열지 않고 있었다.

이 세상에는 대다수의 평범한 사람들과는 다른 좀 특이한 자질을 가진 사람이 있다. 그런 사람은 보통 어린아이들에게서나 볼 수 있는 성향, 즉 자기 자신과 세상의 모든 것들 사이에 즉각적으로 깊은 관계를 형성하는 재능을 갖고 있다. 꼽추는 그런 사람이었다. 가게로 내려온 지 채 삼십 분도 되기 전에 그와 그곳에 있는 모든 사람 사이에는 이미 모종의 교류가 시작되고 있었다. 벌써 이 마을에 수십 년간 살아온 것처럼, 이곳에는 모르는 사람이 없으며 마치 바로 그 비료 자루 위에 앉아 여러 날 동안 사람들과 얘기해온 것 같았다. 바로 이 점은 그때가 마침 토요일 밤이라는 사실과 더불어 가게 안의 분위기가 서서히 자유롭고 은밀한 기쁨으로 들뜨게 된 이유를 설명해준다. 그렇다고 긴장감이 완전히 사라진 것은 아니었다. 이런 일은 좀처럼 상상하기조차 힘든 데다가 미스 어밀리어가 여전히 사무실 밖으로 나타나지 않았기 때문이었다.

미스 어밀리어는 그날 밤 열 시가 되어서야 사무실에서 나왔다. 그녀가 등장하면서 펼쳐질 드라마를 기대하고 있었던 마을 사람들은 실망하지 않을 수 없었다. 그녀는 문을 열고 천천히 성큼성큼 가게로 걸어 들어왔을 뿐이었다. 코에는 잉크 자국이 있었고, 목에 빨간색 손수건을 매고 있었다. 그녀는 아무 일도 없다는 듯, 평소와 다름없이 행동했다. 다만 그녀의 회색빛 사팔뜨기 눈이 꼽추가 앉아 있는 곳을 찾아 잠시 머물렀을 뿐이다. 그녀는 다른 사람들을 보고는 그저 조금 의외라는 듯, 태평한 목소리로 물었다.

"뭐 주문할 것들 있나요?"

토요일 밤이어서 손님들이 많았고, 모두 술을 마시고 싶어 했다. 미스 어밀리어는 이미 사흘 전, 오래전에 담근 술 한 통을 파내서 여러 병에 나누어 담아두었다. 그날 밤도 그녀는 손님들에게서 돈을 받아 밝은 불빛 아래에서 세어 보았다. 항상 그랬던 것처럼 말이다. 그러나 그다음에는 아주 새로운 일이 벌어졌다. 전에는 항상 어두운 뒷마당으로 돌아가서 부엌 뒷문을 통해서 주문한 술을 받을 수 있었다. 아무런 감정이 필요 없는 거래였다. 그렇게 술을 건네받은 손님은 단지 어둠 속으로 사라지면 그만이었다. 아내가 집에서 술 마시는 것을 싫어할 경우, 손님은 가게 앞쪽으로 다시 돌아와서 현관 앞이나 길거리에서 마실 수 있었다. 가게 문 앞은 물론, 앞쪽 길도 미스 어밀리어의 소유지였다. 그러나 그녀는 그것을 자기 개인 소유지로 간주하지 않았다. 그녀가 주장하는 자기 땅은 가게 문에서 시작해서 건물 내부가 다였다. 건물 안에서는 자신 외에는 절대로 술을 마실 수 없을뿐더러 술병을 열지도 못하게 했다. 그런데 지금 처음으로 그녀는 그 규칙을 깨고 있었다. 그녀가 부엌으로 가자 꼽추가 뒤를 바짝 따라갔다. 그러고는 술 몇 병을 들고 따뜻하고 환한 가게 안으로 돌아왔다. 그 뿐만 아니라 그녀는 유리잔 몇 개를 준비하고 크래커 두 상자를 열어 큰 접시에 담아, 원하는 사람은 누구나 돈을 내지 않고도 먹을 수 있도록 카운터 위에 두었다.

그녀는 다른 사람에게는 아무런 말도 없이 다소 거칠고 허스키한 목소리로 꼽추에게 물었다.

"라이먼 오빠, 그냥 마시겠수, 아니면 중탕해서 따뜻하게 마시겠수?"

"글쎄, 어밀리어, 너만 괜찮다면……."

꼽추가 말했다(언제부터인지는 몰라도 미스 어밀리어를 '미스'나 다른 존칭 없이 이렇게 이름만 부르는 사람은 없었다. 결혼하고 열흘 동안 남편 노릇을 했던 사람도 분명하게 그렇게 부르지 못했다. 무슨 이유 때문인지 늘 그녀를 '꼬마'라고 부르던 아버지가 죽은 이후로, 어느 누구도 감히 그녀를 그렇게 친근하게 부르지 못했다).

"괜찮다면, 데운 걸 마실래."

자, 이게 바로 그 카페의 시작이었다. 그처럼 간단하게 시작되었다. 그날 밤은 겨울처럼 음산했다는 것을 상기할 필요가 있다. 그 날씨에 사람들이 가게 밖에 앉아 술을 마셔야 했다면 처량하기 짝이 없는 일이었을 것이다. 그러나 가게 안에는 많은 사람이 모여 쾌적한 온기가 있었다. 누군가 뒤쪽에 있는 난로에 불을 지폈고 술을 산 사람들은 친구들과 나누어 마셨다. 여자들도 몇 명 있었는데, 그들은 감초 과자를 먹거나, 탄산음료나 위스키를 한두 모금 들이켰다. 꼽추는 여전히 신기하고 재미있는 존재였고, 그가 있다는 것만으로도 사람들은 색다른 흥겨움을 느꼈다. 여분의 의자 몇 개와 사무실에 있는 긴 의자까지 가게 안으로 들여왔다. 그래도 앉지 못한 사람들은 카운터에 기대거나 술통이나 곡물 자루 위에 편하게 자리 잡고 앉았다. 가게 안에서 술을 마신다고 해서 난폭한 행동을 하거나 상스럽게 굴거나 무례한 행위를 하는 이는 전혀 없었다. 오히려 사람들은 소심하다 싶을 정도로 공손하게 행동했다. 그 당시 이 마을 사람들에게는 무언가 함께 즐기기 위해 모인다는 것 자체가 익숙한 일이 아니었다. 방적 공장에서 일하기 위해 함께 모이거나 일요일에 야외 집회에서 만나는 경우는 있었다. 집회는 즐거운 일이긴 했지만 결국은 지옥에 대한 생각을 더욱 다지고 전지전능한 신에 대한 공포심을 심어주는 데 목적이 있었다. 그러나 카페란 것은 전적으로 다른 의미를 지니고 있다. 아무리 부자이고 탐욕스러운 늙은 악한도 카페에서는 행동을 조심하고 누구를 모욕하는 일이 없도록 한다. 가난한 사람들도 새삼 감사하는 마음으로 주위를 돌아보고 소금병 하나도 우아하고 겸손하게 집는다.

제대로 된 카페라면 우정과 복부의 포만감, 그리고 흥겨움과 우아한 분위기, 이런 조건을 갖추고 있어야 한다. 물론 그날 밤에 미스 어밀리어의 가게에 모인 사람들에게 이런 규칙들을 미리 말한 적은 없었다. 그때까지 이 마을에 카페라는 것은 없었다. 그러나 사람들은 본능적으로 이러한 규칙과 문화를 알고 있었던 것이다.

이 모든 일에 원인을 제공한 미스 어밀리어는 그날 저녁 거의 대부분의 시간을 부엌으로 통하는 문가에서 서서 보냈다. 겉으로 봐서 그녀는 전혀 변한 게 없는 것 같았다. 그러나 그녀의 얼굴을 눈여겨본 사람들이 많이 있었다. 그녀는 가게 안에서 진행되고 있는 모든 일을 지켜보면서도, 시선은 주로 고즈넉하게 꼽추에게 고정되어 있었다. 꼽추는 코담뱃갑에서 계속 사탕을 꺼내 먹으면서 가게 안을 돌아다녔는데, 뿌루퉁한 표정이면서도 아주 유쾌해 보였다. 어밀리어가 서 있는 자리에는 난로에서 새어 나오는 불빛이 비치고 있어서 그녀의 기다랗고 거무튀튀한 얼굴이 다소 밝아 보였다. 그녀는 마치 자신의 내면을 바라보고 있는 것 같았다. 그녀의 표정에는 고통, 당혹감, 그러면서도 불확실한 기쁨이 뒤섞여 있었다. 그녀는 평상시처럼 그렇게 입을 굳게 다물고 있지도 않았고, 종종 침을 삼키기도 했다. 피부는 창백해진 듯했고, 아무것도 쥐고 있지 않은 큰 손에서는 진땀이 나는 듯했다. 그날 밤 그녀의 표정은 바로 누군가를 사랑하는 사람의 표정, 눈은 피안을 향하고 어딘지 모르게 쓸쓸한 표정, 바로 그것이었다.

이렇게 시작된 카페는 한밤중이 되어서야 문을 닫았다. 사람들은 서로 다정하게 작별 인사를 나누었다. 미스 어밀리어는 가게 앞문을 잠갔지만 깜박 잊고 빗장을 지르지 않았다. 마침내 상점 세 개가 있는 큰길과 공장, 그리고 주변의 집들, 마을 전체가 어둠과 고요 속에 묻혔다. 이방인이 등장하고, 끔찍한 소문만 무성했던 휴일이 지나고, 그리고 카페가 시작될 때까지의 사흘 낮과 밤은 그렇게 저물어갔다.

시간은 흘러가기 마련이다. 이후 4년 동안도 세월은 어김없이 흘렀다. 그 자체만으로는 별로 대수롭게 보이지 않는 많은 변화가 차츰차츰 점차적으로 일어났다. 꼽추는 계속 미스 어밀리어와 함께 살았고, 카페는 점점 더 커져갔다. 미스 어밀리어는 자신이 만든 술을 음료로 팔기 시작했고, 가게 안에 테이블을 몇 개 더 들여놓았다. 주중에도 손님들이 꽤 있었지만 토요일에는 가게가 발 디딜 틈도 없이 손님들로 북적댔다. 미스 어밀리어는 메기 튀김 요리를 저녁 메뉴로 15센트씩 받고 팔기 시작했다. 꼽추는 어밀리어를 부추겨 최고급 자동 피아노 한 대를 사들이게 했다. 2년 만에 그곳은 이제 단순한 가게가 아니었으며 정식 카페의 모습을 갖추고 매일 저녁 여섯 시에서 밤 열두 시까지 문을 열었다.

매일 밤 꼽추는 오만하고도 당당한 자세로 계단을 내려왔다. 그에게서는 언제나 풋풋한 무청 냄새가 났다. 미스 어밀리어가 그의 체력을 키워주기 위해 아침저녁으로 술로 몸을 문질러주었기 때문이다. 그녀는 상상을 초월할 만큼 헌신적으로 그에게 봉사했고, 그래서 꼽추는 날이 갈수록 더 의기양양해졌다. 그러나 그의 몸 상태는 그리 좋아지는 것 같지 않았다. 먹는 것은 모조리 머리와 등의 혹으로 들어가는지 나날이 머리와 혹만 커져갔고 다른 신체 부분은 여전히 쇠약하고 기형인 채로 남아 있었다. 미스 어밀리어는 외견상으로는 변화가 없었다. 주중에는 여전히 고무장화를 신고 작업복을 입었고, 일요일에는 아주 우스꽝스럽게 보이는 붉은 원피스를 걸치고 나타났다. 그러나 그녀의 태도와 생활 방식은 상당히 변해 있었다. 여전히 치열한 공방전이 벌어지는 소송사건을 끔찍하게 좋아했지만, 전처럼 기회만 있으면 다른 사람을 속여 돈을 챙기거나 잔인할 정도의 방법을 써서 빚을 받아내진 않았다. 꼽추가 워낙 사람들을 좋아하고 사교적이었기 때문에 그녀도 함께 신앙 부흥회나 장례식 같은 곳에 나타나곤 했다. 의사 역할도 여느 때와 마찬가지로 잘해나갔고, 그녀가 만들어 파는 술은 더더욱 맛이 훌륭해졌다. 카페 자체도 수익이 꽤 괜찮았으며, 인근에서는 유일한 유흥장으로 알려졌다.

그럼 이런저런 장면들을 통해 지난 4년간 그들의 생활을 살펴보도록 하자. 이른 겨울날 아침 미스 어밀리어가 솔숲으로 사냥하러 나갈 때 꼽추는 그 뒤를 장난감 병정이 행진에 나서듯 졸졸 따라간다. 미스 어밀리어가 밖에서 일을 하면 꼽추는 손가락 하나 까딱 안 하고 구경만 하다가 일꾼들이 조금이라도 게으름을 피우면 즉시 지적한다. 가을날 오후에는 가게의 뒷문 계단에 앉아서 함께 사탕수수를 씬다. 태양이 이글거리는 여름에는 진녹색 사이프러스 나무가 있는 늪지로 가서 나무들이 뒤엉켜 조는 듯 그늘을 드리운 곳에서 시간을 보낸다. 얕은 늪이나 썩은 물이 고인 웅덩이 사이로 길이 나 있으면 미스 어밀리어는 꼽추가 자신의 등에 올라탈 수 있게 허리를 굽힌다. 그리고 나서 그녀는 자신의 귀나 이마를 꼭 붙잡고 어깨에 올라탄 꼽추와 함께 물속을 첨벙첨벙 걸어간다. 미스 어밀리어는 이전에 사두었던 포드 자동차를 꺼내 꼽추를 데리고 치호에 가서 영화를 보거나 멀리까지 나가 장터나 닭싸움 구경을 하러 다녔다. 꼽추는 이런 구경거리를 광적으로 좋아했다. 그들은 매일 새벽, 카페가 문을 닫으면 위층 거실의 벽난로 옆에서 몇 시간이고 함께 앉아 있곤 했다. 꼽추는 밤이면 자주 앓았고, 어둠 속에서 혼자 누워 있는 것을 무서워했기 때문이었다. 그는 죽음을 몹시 두려워했다. 그리고 미스 어밀리어는 그가 이런 공포로 괴로워하도록 혼자 내버려두지 않았다. 사실 카페가 번창한 것도 그런 이유라고 할 수 있다. 카페를 통해 꼽추는 사람들을 사귀고 즐거움을 느꼈으며 밤을 잘 넘길 수 있었다. 이런 여러 장면을 떠올리면 그들이 함께한 4년이라는 세월을 전체적으로 한 이미지에 담을 수 있을 것이다. 당분간 그 이미지는 뒤로하자.

 이제 이런 모든 행동에 대한 설명이 필요할 때가 온 듯하다. 사랑에 대해 이야기해볼 때가 온 것이다. 미스 어밀리어는 꼽추 라이먼을 사랑했다. 그것은 누가 보아도 확실했다. 그들은 같은 집에 살았고, 한시도 떨어져 있는 일 없이 늘 붙어 다녔다. 코에 사마귀가 달리고 걸핏하면 가구를 이리저리 옮기는 참견쟁이 노인 맥페일 부인과 몇몇 다른 사람들에 의하면 두 사람은 부정한 죄를 짓고 있었다. 그들이 실제 친척간이라 해도 기껏해야 육촌쯤이나 되겠지만 그나마도 확실한 것은 아니었다. 물론 미스 어밀리어는 180센티가 넘는 장대한 여자였고 꼽추 라이먼은 키가 그녀의 허리께에 올까 말까 한 아주 왜소한 약골이었다. 그러나 맥페일 부인이나 그 통속들에게는 오히려 그게 다행한 일이었다. 왜냐하면 조건이 서로 어울리지 않거나 동정할 만한 연인들의 결합은 더욱더 이야깃거리가 많은 법이기 때문이다. 그러니 그런 사람들은 그냥 내버려두기로 하자. 선량한 사람들은 만약 이 두 사람이 서로에게서 어떤 육체적인 만족감을 느끼고 있다면, 그건 본인들과 하나님만이 관여할 문제라고 생각했다. 지각 있는 사람들은 이에 의견을 같이 했고, 그런 질문이 나올 때마다 그저 대답을 얼버무릴 뿐이었다. 그렇다면 도대체 사랑이라는 것은 무엇일까?

우선 사랑이란 두 사람의 공동 경험이다. 그러나 여기서 공동 경험이라 함은 두 사람이 같은 경험을 한다는 것을 의미하지는 않는다. 사랑을 주는 사람과 사랑을 받는 사람이 있지만, 두 사람은 완전히 별개의 세계에 속한다. 사랑을 받는 사람은 사랑을 주는 사람의 마음속에 오랜 시간에 걸쳐 조용히 쌓여온 사랑을 일깨우는 역할을 하는 것에 불과

한 경우가 많다. 사랑을 주는 사람들은 모두 본능적으로 이 사실을 알고 있다. 그는 자신의 사랑이 고독한 것임을 영혼 깊숙이 느낀다. 이 새롭고 이상한 외로움을 알게 된 그는 그래서 괴로워한다. 이런 이유로 사랑을 주는 사람이 해야 할 일이 딱 한 가지가 있다. 그는 온 힘을 다해 사랑을 자기 내면에만 머무르게 해야 한다. 자기 속에 완전히 새로운 세상, 강렬하면서 이상야릇하고, 그러면서도 완벽한 그런 세상을 만들어야 한다. 한 가지 짚고 넘어갈 것은 여기서 사랑하는 사람이란 반드시 결혼반지를 사기 위해 돈을 모으는 젊은 남자일 필요가 없다는 것이다. 그는 남자일 수도 있고 여자, 아이, 아니, 이 지구상에 존재하는 그 어떤 인간도 될 수 있는 것이다.

  이제 사랑을 받는 사람에 대해서도 얘기해보자. 아주 이상하고 기이한 사람도 누군가의 마음에 사랑을 불 지를 수 있다. 어떤 사람은 제대로 걷지도 못하는 증조할아버지가 되어서도 20년 전 어느 날 오후, 치호 거리에서 스쳤던 한 낯선 소녀를 가슴에 간직한 채 계속해서 그녀만을 사랑할 수도 있다. 목사가 타락한 여자를 사랑할 수도 있다. 사랑받는 사람은 배신자일 수도 있고 머리에 기름이 잔뜩 끼거나 고약한 버릇을 갖고 있는 사람일 수도 있다. 사랑을 주는 사람도 분명히 이런 사실들을 알고 있지만, 이는 그의 사랑이 점점 커져가는 데에 추호도 영향을 주지 못한다. 어디로 보나 보잘것없는 사람도 늪지에 핀 독백합처럼 격렬하고 무모하고 아름다운 사랑의 대상이 될 수 있다. 선한 사람이 폭력적이면서도 천한 사랑을 자극할 수도 있고, 의미 없는 말만 지껄이는 미치광이도 누군가의 영혼 속에 부드럽고 순수한 목가를 깨울지도 모른다. 그래서 어떤 사랑이든지 그 가치나 질은 오로지 사랑하는 사람 자신만이 결정할 수 있다.

그래서 우리들은 대부분 사랑받기보다는 사랑하기를 원한다. 거의 모든 사람이 사랑을 주는 사람이 되고 싶어 한다. 간단명료하게 말한다면, 사람들은 대부분 사랑받는다는 사실을 마음속으로 힘들고 불편하게 느낀다. 사랑받는 사람은 사랑하는 사람을 두려워하고 증오하게 되는데, 충분히 그럴 만한 이유가 있다. 사랑하는 사람은 자기의 연인을 속속들이 파헤쳐 알려고 들기 때문이다. 사랑하는 이는 아무리 고통을 수반할지라도 자신이 사랑하는 사람과 가능한 한 모든 관계를 맺기를 갈망한다.

미스 어밀리어가 한 번 결혼한 적이 있다고 이미 언급한 바 있다. 이 기이한 이야기를 이 시점에서 말해두는 게 좋을 것 같다. 우리가 기억해야 할 것은 그것은 아주 오래전의 일이었고, 꼽추가 그녀에게 와서 이 사랑이라는 현상을 불러일으키기 전에 그녀가 가졌던 유일한 개인적 접촉이었다는 점이다.

  그 당시의 마을은 지금과 별로 다를 바가 없었다. 가게가 지금처럼 세 개가 아니라 두 개뿐이었고 복숭아나무들이 지금보다 더 작고 구부러져 있었다는 것을 제외하고는 말이다. 그때 미스 어밀리어는 열아홉 살이었고, 그녀의 아버지가 세상을 떠나고 꽤 시간이 흐른 후였다. 당시 마을에는 마빈 메이시라고 하는 직조기 수리공이 살고 있었다. 그는 헨리 메이시의 형이었지만, 두 사람을 다 알고 있는 사람도 그들이 형제간이라는 것을 짐작하기조차 힘들었다. 왜냐하면 마빈 메이시는 180센티가 넘는 훤칠한 키에 근육질의 몸, 잿빛 눈, 곱슬머리를 한 이 마을에서 가장 잘생긴 남자였기 때문이다. 그는 돈을 잘 버는 부자인 데다가 뚜껑을 열면 폭포수 그림이 새겨져 있는 금시계까지 가지고 있었다. 겉으로만 보면, 그리고 세속적인 관점에서 보면 마빈 메이시는 여러 면에서 행운아였다. 누구에게도 굽실거릴 필요가 없었고 원하는 것은 다 손에 넣을 수 있었다. 하지만 좀 더 진지하고 사려 깊게 따져보면, 마빈 메이시는 부러움의 대상이 될 수 없었다. 그는 사악한 성격의 소유자였기 때문이다. 인근 지역에서 그만큼 평판이 나쁜 젊은이도 드물었다. 소년 시절, 그는 면도칼 싸움에서 자신이 죽인 어떤 사람의 귀 한쪽을 떼어 소금에 절여 말린 후 여러 해 동안 지니고 다녔다. 또 순전히 재미 삼아 솔숲에서 다람쥐들을 잡아 꼬리를 잘랐으며 바지 왼쪽 뒷주머니에 금지된 마리화나를 넣고 다니면서 절망에 빠져 죽음을 생각하는 사람들을 유혹했다. 그러나 이런 나쁜 평판을 다 알면서도 이 지역에 사는 많은 여자가 그를 사랑했다. 당시 마을에는 향기로운 머리에 온화한 눈, 그리고 부드럽고 사랑스러운 작은 엉덩이를 가진 매력적인 젊은 아가씨들이 몇 명 있었다. 그는 그 아가씨들을 망치고 망신시켰다. 그러다가 마침내 스물두 살이 되었을 때, 마빈 메이시는 미스 어밀리어를 선택했다. 그가 애타게 원했던 사람은 바로 이 키가 껑충하게 큰 외로운 사팔뜨기 소녀였던 것이다. 그녀의 돈 때문이 아니었다. 단지 그녀를 사랑했기 때문이었다.

사랑은 마빈 메이시를 변화시켰다. 미스 어밀리어를 사랑하기 전의 그는 그에게도 마음과 영혼이라는 게 있을까 의심스러울 정도였다. 그러나 마빈 메이시는 너무나 힘든 삶을 살았기에 성격이 모날 수밖에 없다고 말할 수 있을지도 모르겠다. 그는 차마 부모라고도 할 수 없는 사람들에게서 태어난, 원하지 않은 일곱 명의 아이 중 하나였다. 이 부모라는 사람들은 늪지에서 낚시를 하거나 그 주변을 어슬렁거리기 좋아했던 무모하고 무책임한 젊은이들이었다. 그들에게는 낳았다 해도 거의 해마다 생기는 아이들이 그들에게는 성가신 존재에 불과했다. 밤에 방적 공장에서 일이 끝나고 집에 돌아오면 도대체 이것들이 어디에서 굴러왔을까 하는 눈으로 아이들을 쳐다보곤 했다. 아이들은 울면 부모에게 얻어맞았다. 그래서 그들이 태어나자마자 맨 처음 이 세상에서 배운 것은 방 안에서 가장 어두운 구석을 찾아 능력껏 숨는 일이었다. 아이들은 허깨비처럼 말랐고, 심지어는 자기들끼리도 서로 말을 하지 않았다. 마침내는 완전히 부모에게서 버림받고 마을 사람들에게 맡겨지게 되었다. 그러나 그해 겨울은 방적 공장도 거의 석 달 동안 문을 닫았고 어디를 가나 불쌍하고 측은한 일들이 빈번했다. 그래도 백인 아이들이 바로 코앞의 길거리에서 죽도록 내버려두는 그런 마을은 아니었다. 여덟 살이었던 제일 맏아이는 치호 쪽으로 가서 소식이 끊겼다. 아마도 어딘가에서 화물열차를 타고 세상 밖으로 나간 것 같지만, 확실한 사실을 아는 사람은 없다. 나머지 중 세 명의 아이들은 마을 이 집 저 집에서 밥을 얻어먹다가 워낙 병약한 탓에 부활절 전에 다 죽어버렸다. 마지막 남은 두 아이가 마빈 메이시와 헨리 메이시였고, 함께 어느 집에 맡겨졌다. 마을에는 메리 헤일이라고 하는 마음씨 좋은 여자가 있었는데, 마빈 메이시와 헨리 메이시를 데려다가 친자식처럼 사랑하고 다독거리며 키웠다.

 그러나 어린아이들의 마음은 말할 수 없이 섬세하고 유약하다. 세상에 태어나서부터 가혹한 시련을 겪게 되면 그 마음은 이리저리 꼬여서 이상한 형태로 뒤틀릴 수 있다. 상처받은 아이의 마음은 오그라들 대로 오그라들어서 복숭아 씨처럼 영원히 딱딱해지고 골이 파인다. 아니면 마음이 곪아 부어올라 아무렇지 않은 일에도 쉽사리 쓸려 벗겨지고 상처받게 되어 견딜 수 없이 괴롭게 된다. 이것이 바로 그의 형과는 정반대의 성격을 가진 헨리 메이시의 경우이다. 그는 이 마을에서 가장 친절하고 온순한 사람이다. 그는 불쌍한 사람에게 자기 월급을 빌려주기도 하고 한때는 토요일 밤에 부모가 카페에 가느라 집에 남겨진 아이들을 돌보기도 했다. 그는 몹시 수줍음을 탔고, 생긴 모습도 마음이 너무 아파 괴로워하는 듯, 기운 없고 섬약해 보였다. 그러나 마빈 메이시는 점점 대담하고, 겁 없고 잔인한 청년으로 성장했다. 그의 마음은 사탄의 뿔처럼 억세어져갔고, 미스 어밀리어를 사랑하게 되기 전까지는 동생과 자신을 길러준 착한 여인에게 수치심과 걱정만 가져다주었다.

   그러나 사랑이 마빈 메이시의 성격을 완전히 뒤바꾸어놓았다. 그는 미스 어밀리어를 사랑하는 마음을 2년 동안이나 숨기고 있었다. 그저 손에는 모자를 공손히 들고 무언가 동경하는 듯, 몽롱한 회색 눈으로 미스 어밀리어의 집 현관 쪽을 보며 근처에 서 있을 뿐이었다. 그러는 동안 그는 완전히 새사람이 되었다. 그는 동생에게도 자신을 길러준 어머니에게도 잘했고, 봉급을 저축하고 절약을 배웠다. 뿐인가, 그는 하나님을 향해서도 손을 뻗쳤다. 이전처럼 일요일에 하루 종일 집 앞 현관 근처에 드러누워 기타를 치면서 노래 부르며 빈둥거리는 일도 없었다. 예배뿐만 아니라 다른 종교 집회에도 참석했다. 여러 가지 예절을 배워 숙녀에게 의자를 내주는 것도 연습했고, 욕하고 싸우거나 하나님의 이름을 함부로 들먹이는 것도 그만두게 되었다. 그는 2년에 걸친 이런 변화들을 통해 모든 면에서 자신의 성격을 개선시켜나갔다. 그리고 2년 후 어느 날 저녁 꽃다발과 곱창 한 자루와 은반지를 가지고 미스 어밀리어를 찾아갔다. 그날 밤, 마빈 메이시는 사랑을 고백했다.

   그리고 미스 어밀리어는 그와 결혼했다. 후에 사람들은 그 이유를 궁금해했다. 결혼 선물을 받고 싶어서였을 거라고 말하는 사람들도 있었다. 또 어떤 사람들은 치호에 살던 그녀의 대고모의 지독한 잔소리를 참다못해 결혼한 것이라고도 했다. 아닌 게 아니라 그녀의 대고모는 끔찍하고 괴팍한 노인이었다. 어쨌든 그녀는 죽은 어머니에게서 물려받은 웨딩드레스를 입고서 교회의 통로를 성큼성큼 걸어 들어갔다. 그 공단 웨딩드레스는 색이 누렇게 바랬을 뿐 아니라, 어밀리어에게는 적어도 30센티 정도 짧았다. 어느 겨울날 오후였는데, 밝은 햇살이 교회의 빨간색 유리창을 통해 비치면서 교회의 제단 앞에 서 있는 두 사람 위로 붉은 얼룩이 졌다. 결혼 선언문이 낭독되는 중에 미스 어밀리어는 계속 이상한 몸짓을 했다. 작업복 주머니를 찾으려는 듯, 오른쪽 손바닥으로 계속 웨딩드레스 옆을 문질러대는 것이었다. 주머니를 찾을 수 없자 그녀는 지루해서 견딜 수 없다는 듯, 잔뜩 화가 나고 초조한 표정을 지었다. 마침내 선언문 낭독이 끝나고 결혼 축하 기도까지 끝나자 미스 어밀리어는 신랑의 팔짱도 끼지 않은 채, 그보다 두 걸음 정도 앞서 서둘러 교회를 빠져나갔다.

교회에서 가게까지 그다지 멀지 않았기 때문에 신랑과 신부는 걸어서 집에 갔다. 가는 길에 미스 어밀리어는 전에 어느 농사꾼과 불쏘시개 장작을 두고 맺은 거래에 대해 말을 꺼냈다. 그녀는 가게에 맥주를 사러 들른 손님들과 똑같은 방식으로 신랑을 대했다. 그래도 그때까지는 모든 일이 별 탈 없이 잘 진행되어갔다. 사랑이 마빈 메이시를 완전히 다른 사람으로 만들어놓은 것처럼 그의 신부도 바뀌기를 바라면서 마을 사람들은 이 결혼에 흡족해했다. 마을 사람들은 이제 시집까지 갔으니 미스 어밀리어가 몸에 살도 좀 붙고 성격도 부드러워져서 적어도 덜 유별난 여자가 되리라고 기대했다.

 그러나 마을 사람들의 기대는 완전히 빗나갔다. 그날 밤 창문을 통해 미스 어밀리어를 엿본 동네 소년들은 다음과 같은 일이 벌어졌음을 알렸다. 신랑과 신부는 미스 어밀리어의 늙은 흑인 요리사 제프가 준비한 성대한 저녁을 먹었다. 신부는 모든 음식을 다 먹고 추가로 청해서 더 먹었지만, 신랑은 그저 몇 가지 음식에 손을 대는 둥 마는 둥 할 뿐이었다. 그러고 나서 신부는 신문을 읽고, 가게 물품 재고 정리를 하는 등, 평상시대로 일했다. 그동안 신랑은 행복해서 죽겠다는 듯 얼뜨고 나른한 표정을 지은 채 문가에서 있었지만 미스 어밀리어는 거들떠보지도 않았다. 열한 시에 신부는 등잔을 들고 위층으로 올라갔고, 그 뒤를 신랑이 바짝 좇았다. 여기까지는 별로 특기할 만한 일이 없는 셈이다. 그러나 그 뒤에 일어난 일들은 차마 입에 올리기 민망할 정도다.

삼십 분도 채 지나지 않아 미스 어밀리어는 무릎까지 오는 반바지에 카키색 잠바를 입고 계단을 쿵쿵거리며 내려왔다. 안색이 너무 어두워서 얼굴이 검은색으로 보일 정도였다. 쾅 소리가 나게 부엌문을 닫고 나서는 문을 냅다 걷어찼다. 그러고 난 뒤 좀 마음이 가라앉았는지, 장작들을 들춰내서 불길을 키우고는 의자에 앉아 부엌 난로 위에다 두 발을 걸쳐놨다. 『농업 연감』을 읽기도 하고, 커피도 마시면서 아버지가 사용하던 파이프로 담배도 좀 빨았다. 표정은 여전히 굳어 있었지만 원래의 얼굴빛을 되찾은 듯했다. 가끔씩 읽는 것을 멈추고 방금 읽은 정보들을 종이에 적어놓기도 했다. 새벽녘이 되자 미스 어밀리어는 사무실로 가더니 타자기 덮개를 열었다. 구입한 지 얼마 되지 않았기 때문에 아직 사용 방법을 배우고 있던 중이었다.

그녀는 결혼 첫날밤을 이런 식으로 보냈다. 날이 밝자 마치 아무 일도 없었다는 듯, 뜰로 나가더니 어디엔가에 내다

팔 심산으로 결혼하기 전 주부터 만들기 시작했던 토끼장을 손보았다.

끔찍이 사랑하는 신부와 잠자리를 같이하지도 못하고, 게다가 그 사실이 온 마을에 파다해지면 신랑은 정말 난감하기 이를 데 없기 마련이다. 다음 날 아침 마빈 메이시는 결혼 예복을 입은 채 까칠한 얼굴로 이 층에서 내려왔다. 그가 전날 밤을 어떻게 보냈는지는 알 수 없다. 그리고 그는 감히 가까이 가지도 못한 채, 잔뜩 시무룩한 얼굴로 미스 어밀리어를 훔쳐보면서 뜰을 서성였다. 정오가 가까울 무렵 무슨 생각이 들었는지 마빈 메이시는 소사이어티 시티 쪽을 향해 나섰다. 돌아올 때 그의 손에는 오팔 반지와 당시 유행하던 분홍색 에나멜 수틀, 그리고 하트 두 개가 새겨진 은팔찌와 2달러 50센트나 하는 사탕 한 상자 등 갖가지 선물들이 들려 있었다. 미스 어밀리어는 이 고급 선물들을 죽 훑어보더니 마침 시장기가 돌던 참이라 사탕 상자를 열었다. 나머지 선물들에 대해서는 값이 얼마나 나갈까 재빨리 계산하더니 되팔기 위해 카운터 위에 늘어놓았다. 그날 밤도 전날 밤과 비교해 별로 달라진 것 없이 지났다. 달라진 게 있다면, 미스 어밀리어가 자기 침대 매트리스를 부엌으로 가져와서 난로 옆에 잠자리를 꾸미고는 아주 달게 잠을 잤다는 것뿐이었다.

    이렇게 사흘이 지나갔다. 미스 어밀리어는 늘 해오던 대로 자기 일들을 건사했고, 가게에서 한 15킬로 떨어진 곳에 새로 다리가 들어선다는 소문에 큰 관심을 보였다. 마빈 메이시는 여전히 미스 어밀리어를 따라 집 주변을 서성였는데, 얼굴 표정으로 보아 심적으로 큰 고통을 겪고 있는 듯했다. 그리고 나흘째 되던 날 마빈 메이시는 정말이지 어리석기 짝이 없는 일을 저지르고 말았다. 치호로 가서 변호사를 대동하고 와서는 미스 어밀리어의 사무실에서 자기의 전 재산, 그러니까 푼푼이 모은 돈으로 사놓았던 1만 2천 평이 넘는 삼림지를 미스 어밀리어에게 양도한다는 문서에 서명을 한 것이다. 미스 어밀리어는 혹시 문서에 무슨 속임수라도 있는지 꼼꼼히 검토한 뒤에 자신의 책상 서랍 속에 조심스럽게 철해두었다. 그날 오후 마빈 메이시는 아직 해가 중천에 떠 있을 무렵 위스키 큰 병을 하나 챙겨 들고는 혼자 습지로 갔다. 저녁때 술에 잔뜩 취해서 돌아온 그는 물기 어린 눈을 크게 뜨고 미스 어밀리어에게로 올라갔다. 그러고는 그녀의 어깨 위에다 자신의 손을 얹었다. 그가 어밀리어에게 무언가 말하려는 순간, 입도 떼기 전에 그녀의 주먹이 휙 소리를 내며 그의 얼굴을 후려쳤다. 그는 벽 쪽으로 나가떨어졌고, 앞니 하나가 부러졌다.

  이 사건의 나머지 이야기는 대충 할 수밖에 없다. 마빈 메이시에게 처음으로 주먹을 휘두른 다음부터 미스 어밀리어는 그가 자신의 팔이 닿을 수 있는 거리 안으로 들어올 때마다, 그리고 그가 술에 취할 때마다 걸핏하면 그를 때려댔다. 그러다 마침내는 마빈 메이시를 완전히 집 밖으로 내쫓았다. 그가 고통을 받는 것은 온 마을의 구경거리가 되었다. 마빈 메이시는 낮 동안은 늘 미스 어밀리어의 집 주위를 맴돌았고, 때로는 정신 나간 사람 같은 얼굴을 하고 장총을 가져와서 미스 어밀리어 쪽을 계속 흘끔거리며 주저앉아 총을 닦기도 했다. 이런 모습에 겁이 날 법도 했지만, 그녀는 전혀 그런 내색이 없었다. 단지 여느 때보다도 더 단호하고 근엄한 얼굴로 자주 땅에다 침을 뱉을 뿐이었다. 어리석게도 마지막으로 한 번 더 시도한다는 것이, 마빈 메이시로 하여금 최후를 맞이하게 했다. 그는 어느 날 밤에 무턱대고 창문을 통해 미스 어밀리어의 가게에 들어가 다음 날 아침 그녀가 이 층에서 내려올 때까지 어둠 속에 앉아 있었다. 미스 어밀리어는 마빈 메이시를 가택침입죄로 고소해 형무소에 처넣을 양으로 서둘러 치호에 있는 재판소로 갔다. 그날로 마빈 메이시는 이 마을을 떠났다. 아무도 그가 떠나는 것을 보지 못했고 어디로 갔는지 알지 못했다. 떠나면서 마빈 메이시는 연필과 잉크로 섞어 쓴 장문의 이상한 편지를 미스 어밀리어의 가게 문 밑에다 남겨놓았다. 그것은 열정으로 가득 찬 연애편지였지만, 군데군데 언젠가 꼭 복수하고야 말겠다는 위협의 내용도 들어 있었다. 결혼식이 있은 지 열흘 후의 일이었으니 그들의 결혼 생활은 꼭 열흘간 지속된 셈이었다. 이 일로 마을 사람들은 누군가 다른 사람의 삶이 아주 공공연하고 끔찍스런 방법을 통해 완전히 끝장나버리는 것을 지켜볼 때 느끼는 미묘한 만족감을 누렸다.

미스 어밀리어는 삼림지와 금도금 시계 이외에도 마빈 메이시가 소유했던 물건을 하나도 빼놓지 않고 다 차지했다. 그러나 미스 어밀리어는 그것들을 조금도 소중하게 여기는 것 같지 않았다. 그해 봄에는 마빈 메이시가 입던 KKK단복을 찢어서 자신이 재배하는 담배 나무 덮개로 썼다. 그래서 결국 마빈 메이시가 한 일이란 미스 어밀리어를 더욱 부자로 만들고 그녀에게 사랑을 바친 것뿐이었다. 그래도 미스 어밀리어는 어쩌다 마빈 메이시에 대해 말할라치면 지독한 악담만 해댔다. 또 그를 가리켜 말할 때는 단 한 번도 이름을 사용하지 않고 언제나 경멸하는 투로 '내가 결혼했던 그 직조기 수리공 놈'이라고 했다.

그 후 마빈 메이시에 관해 섬뜩한 소문이 이 마을에까지 들려오자, 미스 어밀리어는 아주 흡족해했다. 일단 사랑으로부터 자유로워지자 마빈 메이시는 그의 본색을 드러낸 것이다. 주(州)에서 발간되는 모든 신문에 그의 사진과 이름이 실릴 정도로 마빈 메이시는 악명 높은 범죄자가 되었다. 주유소를 세 군데나 턴 데다가 소사이어티 시티에 있는 제일 큰 슈퍼마켓에서는 소총을 들고 강도질까지 했다. 그는 일명 '뱀눈 샘'이라고 불리던 납치범을 살해한 용의자로 주목되기도 했다. 이 모든 범죄에 마빈 메이시라는 이름이 거론되었고, 그의 악행은 전국적으로 알려졌다. 그러다가 마침내 경찰이 어느 여인숙 마룻바닥에 술에 취해 쓰러져 있는 마빈 메이시를 체포했다. 기타를 옆에 둔 채, 오른쪽 구두 속에는 약 57달러가 들어 있었다. 그는 재판을 거쳐 형을 선고받은 뒤에 애틀랜타 근처에 있는 형무소로 보내졌다. 이 소식을 듣고 미스 어밀리어는 뛸 듯이 기뻐했다.

자, 이게 바로 오래전 어밀리어의 결혼과 관련된 이야기이다. 마을 사람들은 이 기괴한 사건을 두고 오랫동안 찧고 까불고 재미있어했다. 그러나 이렇게 표면에 드러난 사랑 이야기는 서글프고 우스꽝스러울지언정, 진정 어떤 일이 일어났는가는 사랑하는 사람, 그 당사자의 영혼만이 알고 있다는 것을 잊어서는 안 된다. 그러므로 신 외에 그 누구도 이 같은 사랑, 아니, 다른 그 어떤 사랑에 대해서도 최종적인 판결을 내릴 수는 없다. 카페가 시작되었던 바로 그날 밤, 거기에 있던 몇몇 사람들은 멀리 떨어진 교도소에 암울하게 갇혀 있을 버림받은 신랑을 불현듯 떠올렸다. 세월이 흘렀어도 마빈 메이시는 이 마을에서 완전히 잊히지는 않았다. 마빈 메이시라는 이름이 미스 어밀리어나 꼽추가 있는 데서는 절대 거론되지 않았을 뿐, 그의 열정적인 사랑과 그가 저지른 범죄에 대한 기억, 그리고 그가 교도소에 갇혀 있다는 사실은 마치 미스 어밀리어의 행복한 사랑, 그리고 카페의 흥겨운 분위기 속에서 간간이 낮게 들려오는 불협화음과 같았다. 그러니 독자들은 마빈 메이시를 잊어서는 안 된다. 앞으로 전개될 이야기에서 그는 가공할 만한 역할을 맡게 될 것이기 때문이다.

미스 어밀리어의 가게가 카페로 바뀐 4년 동안 위층의 방들은 전혀 변함이 없었다. 지난 4년간뿐만이 아니라 건물의 위층은 미스 어밀리어가 태어난 후 그녀의 아버지가 사용하던 때와도 똑같았고, 모르긴 몰라도 아마 할아버지 때와도 다름없었을 것이다. 전에 말한 적이 있지만, 방 세 개는 티끌 하나 없을 정도로 깨끗했다. 아무리 작은 물건이라도 정확하게 제자리에 놓여 있었고, 아침마다 미스 어밀리어의 하인 제프는 모든 물건의 먼지를 일일이 털고 닦았다. 정면으로 보이는 방이 꼽추 라이먼의 방이었다. 그 방은 이 집 출입이 허용되었던 며칠 동안 마빈 메이시가 묵었던 방이고, 그전에는 미스 어밀리어의 아버지가 사용하던 침실이었다. 거기에는 커다란 옷장과 침실용 서랍장이 있었는데 그 위로는 코바늘 뜨개 장식을 달고 빳빳하게 풀을 먹인 하얀 리넨 천이 덮여 있었다. 그리고 상판이 대리석으로 된 책상이 하나 있었고 조각 무늬가 새겨진 짙은 색의 커다란 장미목 침대가 있었다. 그것은 네 귀퉁이마다 기둥이 있는 것으로 고색창연한 느낌이었다. 그 위로 깃털을 넣은 매트리스 두 개와 손으로 만든 이불 몇 개, 그리고 기다란 베개 두 개가 겹겹이 쌓여 있었다. 그 침대는 너무 높아서 밑에 나무로 만든 2단짜리 발판이 놓여 있었다. 전에 이 방을 쓰던 주인들은 이 발판을 사용할 필요가 없었지만, 지금의 꼽추 라이먼은 밤마다 그것을 끌어내고는 보란 듯이 딛고 올라갔다. 그 발판 옆에는 눈에 안 띄게 적당히 치워놓은 분홍색 장미 무늬의 사기요강이 놓여 있었다. 검은색 윤이 나는 침실 바닥에 양탄자는 깔려 있지 않았다. 흰색 천으로 만들어진 커튼의 가장자리는 코바늘로 뜨개질한 레이스로 장식되어 있었다.

건너편 미스 어밀리어의 침실은 훨씬 작고 소박했다. 침대는 소나무로 만들어진 아주 좁은 것이었고 반바지와 셔츠들, 그리고 일요일에만 입는 원피스를 넣어두는 서랍장이 하나 있었다. 벽장 안쪽에는 못 두 개를 박아서 작업용 고무장화를 걸어둘 수 있도록 해놓았다. 이외에는 커튼도 양탄자도 다른 아무런 장식도 없었다.

응접실로 쓰고 있는 가운뎃방은 아주 호화롭게 꾸며져 있었다. 벽난로 앞에는 오래되어 올이 드러나기 시작한 초록색 실크 쿠션이 놓인 장미목 소파가 있었다. 상판이 대리석인 탁자들, 싱어 상표 재봉틀 두 대, 팜파스그래스(키가 크고 갈대처럼 생긴 다년생식물)가 꽂혀 있는 커다란 꽃병 등 모든 것이 호사스럽고 으리으리했다. 응접실의 가구 중 가장 눈에 띄는 것은 커다란 유리문이 달린 진열장이었는데, 귀중품과 골동품이 많이 보관되어 있었다. 그 수집품들에 미스 어밀리어가 두 가지 물건을 보탰는데, 하나는 커다란 도토리였고, 또 다른 하나는 작은 회색빛 돌 두 개가 담긴 조그만 벨벳 상자였다. 별달리 할 일이 없을 때면, 미스 어밀리어는 가끔씩 이 벨벳 상자에서 돌을 꺼내 손바닥에 얹고는 창가에 서서 황홀감과 경이로움, 그리고 두려움이 섞인 표정으로 내려다보았다. 그 돌들은 바로 그녀의 콩팥에서 나온 것으로, 몇 년 전에 치호에 있는 의사가 수술을 하면서 꺼낸 것이었다. 그 수술은 처음부터 끝까지 정말 힘든 경험이었는데, 그런 엄청난 일을 겪어내고 얻은 것이 바로 이 작은 돌멩이 두 개였다. 미스 어밀리어는 그 돌들을 그냥 소중히 간직할까, 아니면 서운하기는 해도 비싼 값에 팔아 볼까 하다가 라이먼과 함께 산 지 2년째 되는 해에 시곗줄에 장식으로 박아 그에게 주었다. 미스 어밀리어가 보탠 또 다른 소장품인 커다란 도토리 역시 그녀에게는 귀중한 것이었다. 그러나 그것을 바라볼 때마다 그녀의 표정은 왠지 슬프고 심난해 보였다.

"어밀리어, 이게 뭔데 그러지?"

라이먼이 미스 어밀리어에게 물어본 적이 있었다.

"뭐긴요, 그냥 도토리잖수."

그녀가 대답했다.

"아버지가 돌아가신 날 오후에 주운 거예요."

"그게 무슨 얘기지?"

라이먼이 자꾸 캐물었다.

"그냥 그날 무심히 땅바닥을 보다가 발견한 도토리라니까 그러슈. 그냥 주워서 호주머니에 넣은 것뿐이라우. 왜 그랬는지는 모르지만."

"도토리를 간직하고 있는 이유치고는 참 별나구나."

라이먼이 말했다.

꼽추가 잠 못 드는 새벽녘이면 그 둘은 끝없이 이야기를 나누곤 했다. 대체로 미스 어밀리어는 말수가 적은 편이라 머릿속에 어떤 생각이 떠올랐다고 해서 그것에 대해 함부로 말하는 사람이 아니었다. 그러나 그녀가 특히 즐겨 얘기하는 화제들이 있긴 했다. 이런 화제에는 한 가지 공통점이 있었는데, 결론에 도달하지 못하고 끝없이 이야기가 계속될 수 있다는 점이었다. 미스 어밀리어는 몇십 년을 얘기해도 해결되지 않을 문제들에 대해 생각하기를 좋아했다. 한편 꼽추는 대단한 수다쟁이였기 때문에 얘깃거리라면 무엇이든 마다하지 않았다. 대화하는 방식도 두 사람은 완전히 달랐다. 미스 어밀리어는 나지막하고 신중한 목소리로 아주 일반적이고 포괄적인 문제에 대해 끊임없이 말을 했지만 아무런 결론을 내리지 못했다. 반면 꼽추는 미스 어밀리어의 말을 도중에 갑자기 가로채곤 했는데, 별로 중요하지 않은 문제라도 구체적이고 현실적인 면에 직접 관련되는 사항이라면 즉각적으로 꼬집어냈다. 미스 어밀리어는 가령 별들이나, 흑인들의 피부가 검은 이유나, 암에 대한 최선의 치료법 같은 화제들을 좋아했다. 돌아가신 자기 아버지도 미스 어밀리어가 끊임없이 즐겨 얘기하는 주제 중의 하나였다.

"헌데 말유."

이렇게 미스 어밀리어는 꼽추에게 말을 걸곤 했다.

"그땐 참 잠도 많이 잤다우. 날이 저물어 불이 켜지기만 하면 무조건 침대로 가서 잠을 잤으니까. 세상 모르고 잤다우. 날이 밝으면 아버지는 내 방으로 오셔서는 어깨 위에 손을 얹고, '꼬마야, 일어나거라' 하고 말하곤 하셨다우. 그리고 다시 내려가셔서 난로가 뜨거워지면 부엌에 계신 채로 계단 위쪽에 대고 소리치셨다우. '밀 부침개, 닭고기하고 그레이비 소스, 햄과 계란도 있어.' 그러면 나는 계단을 달려 내려가 아빠가 펌프로 세수하러 나가신 동안 난로 옆에서 옷을 갈아입었다우. 그런 다음 아버지와 나는 양조용 증류기를 보러 나가거나 아니면……"

"오늘 아침 우리가 먹은 밀 부침개는 신통치 않았어."

꼽추가 끼어들었다.

"너무 급히 부쳐서 속이 설익었더라고."

"그리고 그때만 해도 아버지가 술을 만드실 때는……."

기다란 두 다리를 벽난로 앞으로 쭉 뻗은 채 미스 어밀리어의 이야기는 끝없이 이어졌다. 꼽추는 몹시 추위를 타는 체질이었기 때문에 겨울이든 여름이든 벽난로에는 언제나 불이 지펴져 있었다. 꼽추는 미스 어밀리어의 맞은편에 있는 낮은 의자에 앉아 있곤 했는데, 발은 바닥에 채 닿지 않았고 상체는 대개 담요나 초록색 모직 숄로 잘 감싸져 있었다. 미스 어밀리어는 꼽추 라이먼을 제외하고는 그 누구에게도 아버지에 대해 말하는 법이 없었다.

이것은 미스 어밀리어가 라이먼에게 자신의 사랑을 표현하는 방식 중 하나였다. 중대한 일은 물론, 아주 세심하고 사소한 일에 있어서도 미스 어밀리어는 꼽추를 절대적으로 신뢰했다. 꼽추만이 집 근처 땅속에 묻어놓은 위스키 통의 위치가 표시된 도표가 어디에 있는지 알고 있었다. 오직 그만이 미스 어밀리어의 은행 통장과 골동품 진열장 열쇠에 손을 댈 수 있었다. 꼽추는 현금통에서 돈을 한 움큼 꺼내서 주머니에 넣고는 흔들어 그 쩔렁거리는 소리를 음미하며 즐겼다. 사실 그 집 안에 있는 것은 거의 다 그의 소유였다. 왜냐하면 그가 뿌루퉁하고 심술을 부릴 때마다 미스 어밀리어는 집 안을 이리저리 돌아다니며 그에게 줄 선물을 찾았기 때문이다. 그래서 이제는 더 이상 그에게 줄 만한 것이 남아 있지 않았다. 미스 어밀리어가 자기 인생에서 라이먼에게 이야기하고 싶어 하지 않는 부분은 오직 열흘간의 결혼 생활뿐이었다. 그래서 마빈 메이시는 한 번도 그들의 입에 오르지 않은 유일한 화제였다.

그렇게 세월은 느릿느릿 흘러 꼽추 라이먼이 이 마을에 온 지도 6년이 지났다. 어느 토요일 저녁이었다. 때는 8월이어서 하늘은 온종일 마을 위에서 화염처럼 이글거렸다. 그러다가 초록빛 황혼 녘이 가까워지면, 세상에는 평화와 휴식의 기운이 감돌기 시작했다. 거리는 황금색 먼지가 두껍게 덮이고 어린아이들은 반쯤 벌거벗은 채로 뛰어다니며 자주 재채기를 하거나 땀을 흘리며 보채기도 했다. 토요일이라 공장은 이미 낮에 문을 닫았다. 큰길을 따라 늘어선 집에 사는 이들은 계단에 나와 앉아 쉬고 있었고, 여자들은 종려나무로 만든 부채로 부채질을 하고 있었다. 미스 어밀리어의 가게 앞에는 '카페'라고 쓰인 간판이 걸려 있었다. 현관 뒤쪽에는 격자무늬 모양으로 그늘이 져 있어 시원했는데, 라이먼은 그곳에 앉아 아이스크림 냉동기를 돌리고 있었다. 그는 종종 소금과 얼음을 꺼내고 교반기를 들어내서 아이스크림이 잘되어가고 있는지 알아보기 위해 조금씩 핥아 먹었다. 제프는 부엌에서 음식을 만들고 있었다. 그날 아침 일찍 미스 어밀리어는 카페 현관 벽에 '닭요리 정식—오늘 밤 20센트'라고 써놓았다. 카페는 아까부터 열려 있었고 미스 어밀리어는 사무실에서 벌써 어느 정도 일을 끝낸 참이었다. 테이블 여덟 개에는 모두 손님들이 앉아 있었고 자동 피아노에서는 낭랑한 곡조가 흘러나오고 있었다.

문 옆 한쪽 구석에 있는 테이블에 어떤 아이와 같이 앉아 있는 이는 헨리 메이시였다. 술을 마시고 있었는데, 이는 좀처럼 보기 드문 일이었다. 그는 술을 조금만 마셔도 금방 취기가 돌아서 큰 소리로 울거나 노래를 하기 때문이었다. 그의 얼굴은 몹시 창백했고 왼쪽 눈은 그가 불안하고 초조할 때면 늘 그렇듯이, 규칙적으로 경련을 일으키고 있었다. 헨리 메이시는 카페의 옆문으로 누가 들어와 인사를 건네도 답하지 않았다. 옆에 있는 아이는 호러스 웰스의 아들이었는데, 그날 아침 치료를 받게 하려고 제 아빠가 미스 어밀리어의 집에 데려다 놓았었다.

미스 어밀리어는 사무실에서 나왔는데 기분이 썩 좋은 모양이었다. 그녀는 부엌에서 몇 가지 자질구레한 일을 참견하고는 제일 좋아하는 암탉 엉덩잇살 한 점을 손에 들고 카페에 홀로 나왔다. 그녀는 카페 안을 한번 휙 둘러보고 모든 일이 별 탈 없이 잘되어가고 있는 것을 확인한 뒤에 헨리 메이시 옆에 있는 구석 테이블로 갔다. 그러고는 의자 하나를 돌려서 등받이를 앞으로 하고 걸터앉았다. 아직 저녁때가 되지 않았으니 그저 얼마간 시간이나 보낼 작정이었다. 작업복 바지 뒷주머니에는 크롭큐어가 한 병 있었는데, 위스키와 얼음사탕 그리고 무언가 비밀 성분을 섞어 만든 약이었다. 어밀리어는 병마개를 빼더니 아이의 입에다 대어주었다. 그러고 나서 헨리 메이시 쪽으로 돌아앉더니 그의 왼쪽 눈이 초조하게 경련을 일으키는 것을 보고는 물었다.

"불편한 데라도 있수?"

헨리 메이시는 뭔가 어려운 이야기를 꺼내려는 것 같더니 미스 어밀리어의 눈만 한참 들여다보았다. 그러고는 침만 꿀꺽 삼킬 뿐 아무 말도 하지 않았다.

그래서 미스 어밀리어는 다시 환자 쪽으로 몸을 돌렸다. 아이는 머리만 비죽이 탁자 위로 보였는데, 얼굴은 아주 붉게 상기되어 있었고 눈은 반쯤 감긴 데다가 입은 약간 벌어져 있었다. 허벅지에 난 커다란 종기가 단단하게 부어올라서 절개해달라고 데리고 온 것이었다. 그러나 미스 어밀리어는 아이들에게만큼은 특별한 방법을 썼다. 아이가 아파

서 몸부림치고 두려움에 떠는 모습을 보길 원치 않았기 때문이다. 그래서 미스 어밀리어는 그 아이를 하루 종일 자기 집에 데리고 있으면서 사탕을 주고 자주 크룹큐어 약을 먹였다. 그러다가 저녁때가 되자 아이의 목에 냅킨을 둘러준 뒤 양껏 저녁을 먹게 했다. 지금 아이는 테이블 앞에 앉아 머리를 천천히 좌우로 흔들며 졸고 있었고, 숨 쉴 때 간간이 작은 신음을 냈다.

카페 안이 술렁이자 미스 어밀리어는 재빨리 뒤를 돌아다보았다. 그새 라이먼이 들어와 있었다. 꼽추는 여느 때처럼 거들먹거리는 태도로 카페 안에 들어와서는 정확하게 한가운데에서 걸음을 딱 멈췄다. 그러고는 주위를 둘러보면서 누가 왔나 대충 훑어보고 오늘 밤 어떤 방식으로 이들을 휘두를 것인가 민첩하게 계산했다. 이간질이라면 꼽추를 따를 사람이 없었다. 그는 소동거리나 구경거리라면 무슨 일이든 즐겼고, 말 한마디 하지 않고도 기적같이 두 사람 사이를 떼어놓을 수 있었다. 2년 전에 쌍둥이 레이니 형제가 주머니칼을 휘두르며 싸운 것도 꼽추 탓이었는데, 그 사건 이후 그들 형제는 서로 말 한마디 하지 않았다. 립 웰본과 로버트 칼버트 헤일이 대판 싸웠을 때는 물론이고, 꼽추가 이 마을에 온 이후 일어난 싸움판에는 한 번도 빠짐없이 그가 현장에 있었다. 꼽추는 어디에서든 남의 일에 참견하기를 좋아했고, 마을 사람들의 지극히 사적인 일들까지도 속속들이 알고 있었으며 어떤 경우를 막론하고 끼어들기를 좋아했다. 납득하기 어려운 일이지만, 그럼에도 불구하고 카페가 이렇게 번창하게 된 것은 바로 꼽추 때문이었다. 그와 있을 때는 분위기가 늘 더할 나위 없이 유쾌해졌다. 꼽추가 들어올 때는 항상 카페에 순간적으로 긴장감이 감돌곤 했다. 왜냐하면 이 참견쟁이로 인해서 자기들한테 어떤 일이 닥칠지, 혹은 카페에 무슨 일이 갑자기 벌어질지 전혀 예측할 수 없었기 때문이었다. 머지않아 무슨 소동이나 재앙이 일어날지 모르는 상황에 처했을 때 사람들은 한껏 자유로워지고 기대감에 차기 마련이다. 그래서 꼽추가 위풍당당하게 카페로 들어설 때면 사람들은 모두 그를 주목했고, 카페가 생기를 띠며 여기저기서 왁자지껄한 이야기 소리와 병뚜껑 따는 소리가 일제히 터져 나왔다.

 라이먼은 헨리 포드 크림프, 멀리 라이언과 함께 앉아 있는 스텀피 맥페일에게 손을 흔들어 보였다.

"내가 오늘 낚시를 좀 하려고 로튼 호수엘 갔다오."

꼽추가 이야기를 시작했다.

"길을 가던 중에 언뜻 보니까 커다란 나무둥치가 쓰러진 것처럼 보이는 것이 있길래 넘어갔단 말이오. 그런데 넘어갈 때 무엇이 움찔하는 것 같아서 다시 보니까, 글쎄 저 현관 입구에서 부엌까지 갈 정도의 길이에 몸통이 멧돼지보다 굵은 악어 잔등 위에 내가 올라앉아 있더란 말이오."

꼽추는 계속 지껄여댔다. 모든 사람이 이따금씩 그를 쳐다보긴 했는데, 꼽추의 이야기에 귀를 기울이는 사람도 있었고 또 어떤 사람들은 그냥 귓등으로 흘려듣고 있었다. 가끔씩 그는 순전히 거짓과 허풍만 늘어놓을 때도 있었다. 오늘 밤에도 꼽추의 말에는 진실이라곤 손톱만큼도 없었다. 후두염에 걸려 하루 종일 누워 있다가 저녁 늦게야 일어나 내내 아이스크림 냉각기를 돌리고 있었을 뿐이었다. 모두들 이 사실을 알고 있었지만, 꼽추는 카페 한가운데 서서 귀가 따가울 정도로 거짓말과 허풍을 늘어놓고 있었다.

미스 어밀리어는 양손을 호주머니에 찔러 넣고 머리를 약간 갸우뚱한 채 꼽추를 바라보고 있었다. 잿빛 사팔눈에는 온화함이 녹아 있었고, 그녀는 혼자 슬며시 미소 짓고 있었다. 이따금씩 그녀는 꼽추에게서 눈을 떼고 카페 안에 있는 다른 이들을 쳐다보았다. 그럴 때마다 그녀의 표정은 도도했고, 누구든 꼽추의 실없는 행동을 제어하려고 하면 어림도 없다는 듯, 눈매에는 위협이 도사리고 있었다. 제프는 저녁 식사를 미리 접시에 담아내 오고 있는 중이었고, 카페에 새로 들여놓은 전기 선풍기는 시원하고 쾌적한 바람을 일으키고 있었다.

"꼬마가 잠이 들었네요."

헨리 메이시가 마침내 입을 열었다.

미스 어밀리어는 자기 옆에 있는 어린 환자를 내려다보더니 당장 처리해야 할 일을 떠올리고는 표정을 누그러뜨렸다. 아이는 턱을 테이블 가장자리에 얹고 있었는데 침인지 아니면 크룹큐어 약인지 모를 액체가 입가에서 흘러내려 거품을 만들고 있었다. 아이의 두 눈은 완전히 감겨 있었고 각다귀 몇 마리가 평화롭게 눈 가장자리에 모여 있었다. 미스 어밀리어가 아이의 머리에 손을 얹고 세게 흔들어도 아이는 깨어나지 않았다. 그러자 그녀는 아픈 데를 건드리지 않도록 조심하면서 아이를 안아 올려 사무실로 데리고 들어갔다. 헨리 메이시가 뒤따라 들어가 사무실 문을 닫았다.

꼽추 라이먼은 그날 밤이 따분하게만 느껴졌다. 별달리 재미있는 일이 없었을뿐더러 날씨가 더운데도 불구하고 카페 손님들의 기분이 썩 좋아 보였다. 헨리 포드 크림프와 호러스 웰스는 서로의 어깨에 팔을 두르고 가운데 테이블에 앉아서 무슨 농담을 주고받으며 시시덕대고 있었다. 꼽추는 궁금해서 그들에게 가까이 갔지만, 이야기 첫 부분을 놓친 터라 제대로 알아들을 수가 없었다. 달빛은 먼지 쌓인 거리를 환하게 비추고 있었고, 키 작은 복숭아나무들은 검은색을 띤 채 미동도 하지 않았다. 바람 한 점 없었다. 습지 모기들이 나른하게 왱왱거리는 소리는 고요한 밤의 메아리 같았다. 멀리 길 아래쪽 오른편에서 깜박이는 등불을 제외하면 마을은 온통 깜깜했다. 어둠 속 어디에선가 어느 여인이 째지는 듯 높은 목소리로 노래를 부르고 있었다. 세 가지 음이 시작도 끝도 없이 계속 이어지는 곡조였다. 꼽추는 누군가를 기다리고 있는 듯, 현관의 계단 난간에 기대서서 텅 빈 길을 내려다보고 있었다.

그의 뒤에서 발소리가 나더니 이내 말소리가 들렸다.

"테이블에 저녁 차려놨수, 라이먼 오빠."

"오늘 밤은 입맛이 별로 없는걸. 입안도 깔깔하고 말야."

하루 종일 달콤한 코담배를 먹은 꼽추가 말했다.

"그래도 한술 떠요. 가슴살하고 간과 염통이 있으니."

두 사람은 다시 밝은 카페 안으로 돌아와서 함께 헨리 메이시의 테이블에 앉았다. 카페에서 제일 큰 그 테이블 위에는 습지에서 피는 백합꽃 한 다발이 콜라병에 꽂혀 있었다.

미스 어밀리어는 어린 환자의 치료를 끝마치고 스스로 흡족해하고 있었다. 닫힌 사무실 문 안쪽에서는 잠결에 신음 소리가 약간 들렸을 뿐, 어린 환자가 깨서 겁에 질려 울기 전에 종기를 제거하는 작업이 모두 끝난 것이다. 아이의 아버지는 깊이 잠들어 있는 아이를 어깨에 메고 막 카페를 나서고 있었다. 아이의 짧은 팔은 아버지 등 뒤로 축 늘어져 있었고 통통한 얼굴은 잔뜩 상기되어 붉었다.

헨리 메이시는 여전히 말이 없었다. 음식을 삼킬 때도 소리 내지 않으려고 조심했다. 입맛이 없다더니 내오는 족족 음식을 다 먹어치우는 라이먼에 비해 오히려 그가 전혀 식욕이 없어 보였다. 헨리 메이시는 가끔씩 미스 어밀리어를 건너다보고는 무슨 말을 하려는 듯하다가 다시 침묵했.

그날은 여느 때와 다를 것 없는 토요일 밤이었다. 시골에서 먼 길을 찾아온 노부부는 서로 손을 잡은 채 문간에서 잠깐 머뭇거리더니 결심한 듯, 카페 안으로 들어왔다. 이 시골 노부부는 하도 오랜 세월을 함께 살아서 마치 쌍둥이처럼 닮아 보였다. 갈색 피부가 쪼그라들 대로 쪼그라들어 마치 조그만 땅콩 두 개가 걸어 다니는 것 같았다. 그들은 일찍 카페를 나갔고, 자정쯤 되자 대부분의 손님들도 다 가고 남은 사람은 몇 없었다. 로서 클라인과 멀리 라이언은 아직도 체스를 두고 있었고, 스텀피 맥페일은 탁자 위에 술병을 놓고 앉아서는(그의 부인은 집으로 술을 못 가져오게 했다) 무언가 혼자 중얼거리고 있었다. 헨리 메이시도 여전히 자기 테이블에 앉아 있었는데, 이것은 흔치 않은 일이었다. 다른 때 같으면 그는 해가 지자마자 곧 잠자리에 들었기 때문이었다. 미스 어밀리어는 졸린 듯 하품을 했지만, 라이먼이 여전히 마음을 못 잡고 우왕좌왕하고 있어 그만 문을 닫자는 말을 못 하고 있었다.

마침내 새벽 한 시가 되자 헨리 메이시는 천장 모서리를 쳐다보면서 미스 어밀리어에게 조용히 말했다.

"오늘 편지 한 통을 받았어요."

그 정도를 대수롭게 생각할 미스 어밀리어가 아니었다. 하루에도 몇 통씩 온갖 종류의 사업과 관련된 편지와 카탈로그를 받는 그녀였다.

"우리 형이 보낸 거였어요."

헨리 메이시가 덧붙였다.

머리 뒤로 두 손을 깍지 끼고 이리저리 뒤뚱거리며 걷고 있던 꼽추가 갑자기 멈춰 섰다. 그는 모임의 분위기에 어떤 변화라도 일어날라치면 그것을 재빠르게 알아차리곤 했다. 그는 카페 안에 있는 사람들의 표정을 하나씩 훔쳐보며 기다렸다.

미스 어밀리어는 얼굴을 찡그리더니 오른쪽 주먹을 꽉 쥐었다.

"계속 말해봐요."

"가석방으로 풀려난 겁니다. 교도소에서 나왔다고요."

미스 어밀리어의 얼굴빛은 아주 어두워졌고, 날씨가 꽤 더운 편인데도 불구하고 몸을 부르르 떨었다. 스텀피 맥페일과 멀리 라이언은 체스판을 옆으로 밀어놓았다. 카페는 쥐 죽은 듯이 조용해졌다.

"누구 말인데? 그 사람이 누구냐고."

라이먼이 물었다. 안 그래도 커다랗고 핏기 없는 두 귀가 더 커지고 쫑긋하게 곤두서는 것 같았다.

"그게 무슨 말이냐니까?"

미스 어밀리어는 손바닥으로 테이블을 탁 내리쳤다.

"그러니까 마빈 메이시는……."

그러나 그녀의 목소리는 꽉 잠겨 들리지 않았고, 조금 후에 이렇게만 말할 뿐이었다.

"그 사람은 여생을 감옥에서 보내야 하는 사람인데."

"무슨 짓을 했는데?"

라이먼이 물었다.

아무도 이 질문에 어떻게 대답해야 할지 몰랐기 때문에 오랫동안 침묵이 흘렀다.

"주유소를 세 군데나 털었지."

스텀피 맥페일이 말했다. 그러나 이 말은 어딘지 미흡하게 들렸고 분명 그것 말고도 드러나지 않은 죄목이 있다는 느낌을 주었다.

꼽추는 조바심이 났다. 어떤 일에서든, 하다못해 불행한 일에서라도 자신이 배제되는 것을 그는 참지 못했다. 마빈 메이시라는 이름은 처음 들어보는 것이었고, 남들은 다 아는데 자기만 모르고 있다는 사실이 그를 애타게 만들었다. 가령 그가 이 마을로 오기 전에 철거된 낡은 제재소에 대한 얘기라든가, 불쌍한 모리스 파인스타인에 관해 한두 마디라도 나올라치면 그는 속이 타서 다그쳤다. 타고난 호기심 외에도, 꼽추는 강도질이나 온갖 종류의 범죄에 대해서 엄청난 흥미를 갖고 있었다. 꼽추는 종종걸음으로 테이블 주위를 맴돌며 '가석방으로 풀려났다'느니 '감옥'이라느니 하는 말들을 혼자 되뇌어보았다. 끈질기게 질문을 퍼부었지만 아무것도 알아낼 수 없었다. 카페에 앉아 있는 사람들 중 그 누구도 감히 미스 어밀리어 앞에서 마빈 메이시에 관한 얘기를 꺼내려 하지 않았기 때문이다.

"별다른 말은 없었어요. 어디로 간다거나 하는 말도 없었고요."

헨리 메이시가 말했다.

"쳇!" 하고 미스 어밀리어가 코웃음을 쳤는데, 그 얼굴은 여전히 굳어 있고 안색이 몹시 어두웠다.

"내 집에 발가락 하나라도 들여놓게 하는가 보라지."

미스 어밀리어는 의자를 뒤로 쑥 밀고 일어나더니, 가게 문을 닫을 준비를 했다. 마빈 메이시에 대해 신경이 쓰였는지, 그녀는 현금 등록기를 부엌으로 가져가더니 자기만 아는 비밀 장소에 숨겨놓았다. 헨리 메이시는 어둠이 깔린 길 속으로 사라졌다. 그러나 헨리 포드 크림프와 멀리 라이언은 한동안 현관 앞에서 서성였다. 후에 멀리 라이언은 바로 그날 밤 자기는 앞으로 닥쳐올 일을 예견했다고 주장했다. 그러나 그는 걸핏하면 그런 말을 했기 때문에 마을 사람들은 귀담아듣지 않았다. 미스 어밀리어와 라이먼은 응접실에서 한동안 이야기를 나누었다. 그러고 나서 마침내 꼽추가 이제 잠들 수 있을 것 같다고 하자 미스 어밀리어는 그의 침대 위로 모기장을 쳐주고, 그의 기도가 끝날 때까지 기다려주었다. 미스 어밀리어는 긴 잠옷으로 갈아입고 파이프 담배를 두 대 피우고 나서도 한참 후에야 잠자리에 들었다.

  그해 가을, 마을 사람들은 행복했다. 마을 주변의 농작물들은 풍년이었고 포크스폴스 시장의 담배는 그해 내내 값이 좋았다. 길고 더운 여름이 지난 후 맞는 날들은 쾌청하고 화사하며 감미로운 날씨였다. 먼지가 뿌연 길가를 따라 미역취들이 자랐고, 사탕수수는 자줏빛으로 무르익었다. 합동학교에 수업을 받으러 가는 아이들을 위해 치호에서는 매일 버스가 왔다. 소년들은 솔숲에서 여우 사냥을 했고, 빨랫줄에는 햇볕을 쬐기 위해 겨울 이불들이 널렸으며, 집집마다 다가올 추운 계절에 대비해 고구마를 짚단으로 싸서 땅속에 얕게 묻었다. 저녁이면 굴뚝마다 가느다란 연기가 피어올랐고, 오렌지빛을 띤 달은 가을 하늘에 둥그렇게 떠올랐다. 초가을 쌀쌀한 밤의 고요보다 더한 정적은 없다. 바람 없는 깊은 밤이면 소사이어티 시티를 거쳐 멀리 북쪽으로 가는 기차의 가느다랗고 황량한 기적 소리가 들려왔다.

  어밀리어 에번스에게 가을은 눈코 뜰 새 없이 바쁜 계절이었다. 새벽녘부터 해질 때까지 쉴 새 없이 일을 했다. 큰 냉각기를 새로 만들어 양조장에 설치하고는 일주일 만에 온 마을 사람들이 다 먹고도 남을 만큼의 술을 빚어냈다. 미스 어밀리어의 늙은 노새는 엄청나게 많은 사탕수수를 빻느라고 어지러운 듯 멍청해 보였고, 미스 어밀리어는 유리병들을 데워 배로 만든 잼을 넣어 저장했다. 그녀는 첫서리가 내리기를 무척이나 기다리고 있었는데, 이미 사놓은 어마어마하게 큰 돼지 세 마리로 바비큐와 곱창, 소시지 등을 대량으로 만들 셈이었기 때문이었다.

이즈음 미스 어밀리어에게는 어떤 변화가 눈에 띄었다. 우선 전보다 자주 웃었는데, 웃음소리에는 어딘지 모르게 깊은 울림이 있었고, 휘파람도 경쾌하고 멋지게 불어줬혔다. 그러고는 무거운 물건을 들어 올리거나, 손가락으로 단단한 알통을 찔러보거나 하면서 끊임없이 자신의 힘을 시험해보는 것이었다. 하루는 타자기 앞에 앉아서 단편소설을 하나 썼는데, 무슨 이방인이니 함정, 수백만 달러 운운하는 이야기였다. 꼽추 라이먼은 늘 미스 어밀리어와 함께 있었고, 여전히 그녀의 뒤만 졸졸 따라다녔다. 그를 바라볼 때면 미스 어밀리어의 얼굴에는 늘 그윽하고 부드러운 표정이 떠올랐고, '라이먼' 하고 낮게 부르는 목소리에는 사랑이 가득 담겨 있었다.

마침내, 첫 추위가 닥쳤다. 어느 날 아침 미스 어밀리어가 눈을 뜨니, 유리창에는 서리꽃이 피어 있었고, 듬성듬성

난 뜰의 잔디도 은빛으로 빛나고 있었다. 미스 어밀리어는 부엌 난로에 불을 지피고는 날씨가 어떤지 보려고 밖으로 나갔다. 공기는 살을 에는 듯 차가웠고, 하늘은 옅은 초록색으로 구름 한 점 없었다. 곧이어 근처 시골 사람들이 모여들기 시작했다. 미스 어밀리어가 제일 큰 돼지를 잡기로 되어 있었고, 이 소문이 곳곳에 퍼져 있었다. 돼지를 잡자 곧이어 바비큐를 만들기 위해 파놓은 구덩이에서는 참나무 불꽃이 피어오르기 시작했다. 뒷마당은 곧 비릿한 돼지 피 냄새와 연기, 쿵쿵거리는 사람들의 발소리와 떠들썩한 목소리의 울림으로 가득 찼다. 미스 어밀리어는 이런저런 지시를 하며 돌아다녔고, 얼마 지나지 않아 모든 일이 거의 끝났다.

그녀는 그날 치호에서 좀 특별하게 볼일이 있었다. 그래서 모든 일이 순조롭게 되어 간다는 것을 확인한 후, 차에 시동을 걸고 떠날 채비를 했다. 그녀는 라이먼에게 함께 가자고 했다. 일곱 번씩이나 연거푸 물었지만, 라이먼은 이 왁자지껄하고 들뜬 분위기를 떠나고 싶지 않았기 때문에 남아 있겠다고 했다. 그의 이런 태도에 미스 어밀리어는 무척 심기가 불편한 모양이었다. 그녀는 항상 그를 곁에 두고 싶어 했고, 집에서 조금만 멀리 떠나도 심각한 향수병에 걸렸다. 그러나 일곱 번을 물어본 다음에는 더 이상 그를 재촉하지 않았다. 떠나기 전에 그녀는 막대기 하나를 찾아서는 바비큐 구덩이의 가장자리로부터 약 60센티 떨어지게 빙 둘러 굵은 선을 그렸다. 그러고는 라이먼에게 그 경계선을 넘어가지 말라고 말했다. 그녀는 오후에 간단한 식사를 마친 후 떠나서, 어두워지기 전에 돌아올 작정이었다.

치호를 출발한 트럭이나 자동차가 다른 곳으로 가는 도중에 이 마을을 통과해서 지나가는 것이 드문 일은 아니었다. 미스 어밀리어와 같은 부자들과 언쟁을 하러 매해 세금 징수원이 오기도 하고 또는 어떤 사람이, 예를 들어 멀리 라이언 같은 사람이 외상으로 차를 산다거나, 계약금 3달러만 내고 치호의 상점 진열장에 광고용으로 진열되어 있는 고급 냉장고를 손에 넣어볼까 생각하기라도 할라치면 시청에서 사람이 나와 이런저런 질문들을 퍼부어대서, 여러 문제점을 찾아내서는 할부로 무언가를 사보겠다는 계획을 가차 없이 망쳐놓기도 했다. 때로는, 포크스폴스 도로에서 노역을 하는 쇠사슬에 묶인 죄수를 운송하는 차량이 이 마을을 통과하기도 한다. 차를 몰고 가다가 길을 잃어버린 사람들이 방향을 묻기 위해 멈춰 서는 일은 꽤 빈번하다. 그래서 그날 오후 늦게, 트럭 한 대가 방적 공장을 지나서 미스 어밀리어의 카페 옆길 한가운데에 멈춰 선 것은 별로 이상한 일이 아니었다. 한 남자가 트럭 뒤에서 뛰어내리자, 트럭은 제 갈 길로 가버렸다.

  남자는 길 한가운데에 서서 주위를 둘러보았다. 그는 키가 컸고, 갈색의 곱슬머리에 짙은 푸른색 눈이 천천히 움직였다. 입술은 붉은색을 띠었고 흔히 잘난 척하기 좋아하는 사람들이 그렇듯 입 한 귀퉁이로만 웃는 느긋한 미소를 짓고 있었다. 남자는 붉은 셔츠를 입고 있었고, 폭이 넓은 가죽 혁대에 양철로 된 여행용 가방과 기타를 들고 있었다. 갓 도착한 이 사람을 마을에서 처음으로 본 사람은 차가 멈추었다 떠나는 소리를 듣고 무슨 일인가 알아보러 나온 꼽추 라이먼이었다. 이 꼽추는 문 사이로 머리를 내밀었을 뿐, 몸 전체가 완전히 나오지는 않았다. 꼽추와 남자는 서로를 빤히 쳐다보았는데, 그것은 처음 만난 두 사람이 재빨리 서로를 가늠하는 그런 시선과는 달랐다. 그들이 그때 주고받은 시선은 마치 두 명의 범죄자가 서로를 한눈에 알아보는 그런 이상한 데가 있었다. 그러고는 붉은 셔츠를 입은 남자가 왼쪽 어깨를 으쓱하더니 등을 돌렸다. 길을 따라 내려가는 남자를 보는 꼽추의 얼굴은 아주 창백했다. 그리고 잠시 후에 꼽추는 멀찌감치 떨어져서 조심스럽게 그 남자의 뒤를 따라가고 있었다.

　마빈 메이시가 돌아왔다는 소식은 금세 마을 전체에 퍼졌다. 일단 방적 공장으로 간 그는 창문틀에 팔꿈치로 턱을 괴고는 한가로이 안을 들여다보았다. 선천적으로 타고난 모든 게으름뱅이가 그렇듯이, 그도 다른 사람들이 열심히 일하는 것을 구경하기 좋아했다. 공장 안은 소리 없는 폭격을 맞은 듯 순식간에 모든 것이 혼란에 빠져들었다. 염색공들은 염료통이 뜨거워진 것도 모른 채 내버려두었고, 방적공들과 직공들은 기계가 돌아가고 있다는 사실조차 잊어버렸으며, 하물며 공장장인 스텀피 맥페일마저도 정확히 무엇을 어떻게 해야 할지 알지 못했다. 마빈 메이시는 여전히 한쪽 입꼬리만 움직이는 웃음을 짓고 있었으며 자기의 동생을 보았을 때도 그의 자만에 가득 찬 표정은 변하지 않았다. 방적 공장을 훑어본 뒤에 마빈 메이시는 길을 따라 내려가 자기가 자란 집으로 가더니 문 앞에 옷 가방과 기타를 내려놓았다. 그러고 나서 그는 물방아용 저수지 주위를 한 번 돌고는, 교회와 마을에 있는 가게 세 군데와 다른 여러 곳을 살펴보았다. 꼽추는 아직도 뒤에 조금 떨어져서 그를 따라 조용히 터벅터벅 걷고 있었다. 손은 주머니에 찔러 넣은 채, 그의 조그마한 얼굴은 여전히 파리했다.

점점 날이 저물고 있었다. 겨울의 붉은 해는 지고 있었고, 서쪽 하늘은 짙은 황금색과 진홍빛으로 물들었다. 굴뚝새들은 둥지를 찾아 날아가고 이 집 저 집에서 등불이 켜졌다. 이따금 카페의 뒷마당에서는 연기 냄새와 섞여 서서히 익어가고 있는 바비큐의 훈훈하고 먹음직스런 냄새가 풍겨왔다. 마을을 한 바퀴 돌아본 다음에, 마빈 메이시는 미스 어밀리어의 집 앞에 멈춰 서서 문 위의 간판을 읽었다. 그러고는 조금도 주저 없이 옆마당을 가로질러 들어갔다. 멀리 떨어져 있지 않은 공장에서는 가늘고 쓸쓸한 호각 소리가 들려왔다. 주간 교대 시간이 끝났다는 신호였다. 곧이어 미스 어밀리어의 뒷마당에는 마빈 메이시 외에도 다른 사람들—헨리 포드 크림프, 멀리 라이언, 스텀피 맥페일 등—이 모여들었다. 아이들도 몇 있었고 마당의 가장자리에 둘러서서 구경하는 사람들도 있었다. 말을 하는 사람은 없었다. 마빈 메이시 혼자서 구덩이의 한쪽에 서 있었고, 나머지 사람들은 반대편에 함께 떼 지어 서 있었다. 라이먼은 다른 사람들에게서 떨어져 서 있었는데, 마빈 메이시의 얼굴에서 눈을 떼지 않았다.

"교도소 재미가 어떻습디까?"

멀리 라이언은 실없이 키득거리며 물었다.

마빈 메이시는 대답하지 않았다. 바지 뒷주머니에서 큰 나이프를 꺼내서 천천히 펴더니 바지의 엉덩이 부분에 쓱쓱 문질러 닦고 있을 뿐이었다. 멀리 라이언은 갑자기 입을 다물더니 곧바로 스텀피 맥페일의 널따란 등 뒤에 가서 섰다.

미스 어밀리어는 날이 어둑어둑해서야 집으로 돌아왔다. 사람들은 멀리서부터 그녀의 차가 덜컹거리며 오는 소리를 듣고 있었다. 그러고 나서 차 문이 꽝 하고 닫히는 소리와 마치 무엇인가를 계단 위로 끌어올리고 있는 듯 쿵쾅거리는 소리가 났다. 해는 이미 졌고, 사방에 겨울 초저녁의 어스름한 푸른빛이 감돌고 있었다. 미스 어밀리어는 천천히 뒷계단을 내려왔고, 마당에 모여 있던 사람들은 완벽한 침묵을 지키며 기다렸다. 이 세상에서 감히 미스 어밀리어에게 맞설 사람은 없었고, 그녀는 마빈 메이시에 대해 이상하리만큼 심한 증오심을 갖고 있었다. 거기에 모인 사람들은 이제 곧 그녀가 끔찍한 고함을 내지르며 뭐든 위험한 물건을 움켜쥐고는 휘둘러 그를 마을에서 완전히 내쫓는 것을 보려고 기다렸다. 처음에 그녀는 마빈 메이시를 보지 못했다. 그녀의 얼굴은 먼 길을 다녀오고 나서 다시 집에 도착했을 때의, 안도하는 듯 몽롱한 표정을 띠고 있을 뿐이었다.

미스 어밀리어는 마빈 메이시와 라이먼을 거의 동시에

본 것 같았다. 두 사람의 얼굴을 번갈아 보다가 마침내 그녀의 놀란 시선이 고정된 곳은 방금 감옥에서 나온 부랑아가 아니었다. 그녀와 다른 사람들은 모두 라이먼을 쳐다보았는데, 그의 모습은 정말 가관이었다.

꼽추는 구덩이의 한쪽 끝에 서 있었다. 연기를 내며 타고 있는 참나무 불꽃의 부드러운 빛이 그의 창백한 얼굴을 비추고 있었다. 꼽추 라이먼은 아주 유별난 재주를 갖고 있었는데 다른 사람들의 환심을 사고 싶을 때마다 그 재주를 활용하곤 했다. 꼼짝 않고 가만히 서서 약간만 정신을 집중하면 그 핏기 없는 커다란 귀를 놀랄 만큼 빠르게 자유자재로 움직일 수 있었다. 그는 미스 어밀리어로부터 뭔가 특별한 것을 원할 때마다 항상 이 재주를 써먹었고, 그녀는 꼽추의 그런 모습이 너무나 사랑스러워 원하는 대로 해주지 않고는 못 배기는 것이었다. 지금 꼽추는 거기에 서서 두 귀를 맹렬히 움직이고 있었다. 그러나 그가 바라보고 있는 사람은 미스 어밀리어가 아니었다. 꼽추는 거의 필사적으로 애원하는 표정으로 마빈 메이시를 향해 미소 짓고 있었다. 마빈 메이시는 그에게 주의를 기울이지 않고 있다가 마침내 꼽추의 그런 모습을 흘낏거리고는 좋아하기는커녕 오히려 영 불쾌한 표정을 지었다.

"저 병신 어디 아픈 거 아냐?"

그는 엄지손가락을 휙 젖혀 꼽추를 가리키며 물었다.

아무도 대답을 하지 않았다. 꼽추 라이먼은 자신의 재주가 목적을 달성하는 데 별 효과가 없는 것을 알자, 마빈 메이시의 환심을 사기 위해 새로운 노력을 더했다. 그는 눈을 빠르게 깜빡거렸고, 그의 눈꺼풀은 마치 안구 속에 갇혀 파닥대는 흰 나방 같아 보였다. 그는 발을 여기저기 땅에 문질러대면서 손을 휘휘 내두르더니 마침내 잔걸음으로 춤을 추기 시작했다. 겨울 저녁의 어스름 속에서 그는 습지에 출몰하는 꼬마 유령처럼 보였다.

마당에 모인 사람들은 모두 그의 춤 솜씨에 감탄했으나 마빈 메이시는 코웃음을 칠 뿐이었다.

"이놈의 난쟁이가 발작이라도 났나?"

여전히 아무도 대답을 하지 않자 그는 앞으로 걸어 나와 꼽추 라이먼의 머리 옆쪽을 손바닥으로 후려쳤다. 꼽추는 한동안 비틀거리다가 바닥에 나가떨어졌다. 그는 쓰러진 자리에서 다시 일어나 앉더니 여전히 마빈 메이시를 올려다보았고, 마지막으로 있는 힘을 다해서 그의 귀를 한 번 더 슬프게 퍼덕거렸다.

이제 모든 사람은 미스 어밀리어 쪽으로 눈을 돌렸다. 그녀의 반응을 보기 위해서였다. 이제껏 그 누구도 라이먼의 머리카락 한 올도 건드려본 적이 없었다. 그러고 싶어 온몸이 근질근질해도 그럴 수 없었던 것이, 누구든 꼽추를 조금만 퉁명스럽게 대해도 미스 어밀리어는 이 경솔한 사람의 외상 거래를 막고 그 뒤에도 오랫동안 그를 괴롭힐 방법들을 찾곤 했기 때문이다. 따라서 지금 미스 어밀리어가 뒷문 쪽에 있는 도끼로 마빈 메이시의 머리를 쪼개버린다고 해도 아무도 놀라지 않았을 것이다. 그러나 그녀는 그렇게 하지 않았다.

미스 어밀리어는 전에도 일종의 혼수상태에 빠진 것처럼 보인 적이 있었다. 그러나 그런 상태의 원인은 마을 사람들도 잘 알고, 또 이해하고 있었다. 미스 어밀리어는 훌륭한 의사였기 때문에, 늪지대의 풀뿌리들과 다른 실험 재료들을 갈아서 만든 약을 함부로 환자에게 주지 않았다. 새로운 치료제를 개발할 때마다 그녀는 항상 스스로 먼저 복용해 약효를 시험해보았다. 미스 어밀리어는 보통 엄청난 양을 한꺼번에 삼키곤 했는데, 그런 다음 날은 하루 종일 무언가 생각에 잠겨 카페에서부터 벽돌로 만든 옥외 변소까지 계속 왔다 갔다 하곤 했다. 때때로 갑자기 배를 쥐어짜는 듯한 극심한 통증을 느끼게 되면, 꼼짝도 하지 않고 꼿꼿이

선 채 그 기묘한 눈으로 땅을 노려보며, 주먹을 불끈 쥐는 것이었다. 자신이 만든 새로운 약이 몸의 어떤 기관에 작용해서 어떤 병을 고칠 수 있는지를 알아보기 위함이었다. 그런데 지금 그녀가 꼽추와 마빈 메이시를 볼 때의 얼굴이 바로 그랬다. 새로 개발한 약을 복용한 것은 아니지만, 그녀는 마치 자기 속에서 일어나고 있는 극심한 내적 고통을 견디고 있는 것처럼 긴장된 표정이었다.

"맛이 어떠냐, 이 병신아. 앞으로 조심해."

마빈 메이시가 말했다.

헨리 메이시는 이마 위로 축 늘어진 희끗한 머리카락을 뒤로 쓸어 넘겼고, 조심스럽게 기침을 했다. 스텀피 맥페일과 멀리 라이언은 불안한 듯 발로 땅을 긁었고, 마당가의 아이들과 흑인들은 숨소리조차 죽이고 있었다. 마빈 메이시는 바지에 대고 문지르던 나이프를 접고는 보란 듯이 한 번 주위를 둘러보더니 성큼성큼 마당을 걸어 나갔다. 구덩이 속에서 잦아들던 불은 회색 깃털 같은 재로 바뀌었고, 이제 날은 완전히 깜깜해졌다.

이렇게 마빈 메이시는 교도소에서 돌아왔다. 온 마을을 통틀어 그를 반길 사람은 아무도 없었다. 심지어 착하기 그지없고 사랑과 관심으로 그를 키운 메리 헤일 부인마저도 그를 보자 들고 있던 프라이팬을 떨어뜨리고는 울음을 터뜨렸다. 그러나 마빈 메이시는 눈 하나 깜짝하지 않았다. 그는 헤일 부인 집의 뒷문 계단에 앉아서 느릿느릿 기타 줄을 튕겼다. 그리고 저녁이 준비되자 집안의 아이들을 밀어내고 식구들 먹기에도 충분치 않은 옥수수빵과 닭고기를 혼자서 잔뜩 먹어치웠다. 식사를 마치고 난 후 그는 앞방에서 제일 편안하고 따뜻한 곳에 자리를 잡더니 꿈 한 번 꾸지 않고 깊은 잠을 잤다.

미스 어밀리어는 그날 밤 카페를 열지 않았다. 문과 창문들을 모두 단단히 잠갔고 미스 어밀리어와 라이먼은 두문불출했지만, 그녀 방에는 밤새도록 불이 켜져 있었다.

사람들이 예측했듯이 마빈 메이시는 처음부터 재앙을 몰고 왔다. 그가 돌아온 바로 다음 날, 날씨는 갑자기 돌변하여 기온이 높아졌다. 이른 아침부터 공기는 후텁지근했고, 바람은 습지의 썩은 냄새를 몰고 왔으며, 왱왱거리는 모기떼가 초록빛 물방아용 저수지를 그물처럼 덮었다. 철 지난 더위는 한여름보다 더 심했고, 막대한 피해를 가져왔다. 이 지역에서 돼지를 키우고 있는 사람들 중 거의 대부분이 미스 어밀리어를 따라서 바로 전날 돼지를 잡았던 것이다. 그렇지만 이런 날씨에 소시지를 제대로 저장할 수는 없는 노릇이었다. 며칠 뒤에는 도처에서 고기 썩어가는 냄새가 진동했고 어디서나 기분 나쁜 기운이 감돌았다. 엎친 데 덮친 격으로 포크스폴스 도로 근처의 한 가족이 구운 돼지고기를 먹고는 모두 죽어버렸다. 그들이 먹은 돼지는 전염병에 걸려 있었던 게 틀림없었다. 그러니 나머지 고기가 안전한지 아닌지를 누가 알 수 있겠는가? 사람들은 돼지고기를 먹고 싶은 열망과 죽음에 대한 공포 사이에서 이러지도 저러지도 못했다. 낭비와 혼란의 시기였다.

이 모든 일의 장본인인 마빈 메이시는 도대체 수치심이라고는 없는 사람 같았다. 그는 어디에나 나타났다. 남들이 일하는 시간에는 공장 주위를 어슬렁거리며 창문 안을 들여다보았고, 일요일에는 붉은 셔츠를 입고 기타를 들고 길을 오르내렸다. 갈색 머리와 붉은 입술, 넓고 단단한 근육질 어깨―그는 여전히 썩 잘생긴 남자였다. 그러나 그 잘생긴 외모도 그의 사악함에 가려 전혀 돋보이지 못했다. 그리고 그 사악함은 그가 실제로 저지른 범죄들만으로 측정되고 이해될 수 있는 게 아니었다. 그가 주유소를 몇 개씩이나 털고, 그보다 전에는 이 지역에서 제일 얌전하고 사랑스러운 처녀들을 몇 명씩이나 망쳐놓고도 아랑곳하지 않았던 것은 모두 사실이다. 이외에도 그의 사악한 행동들은 이루 셀 수도 없었지만 이런 범죄들을 다 제쳐놓고라도, 그에게선 야비함이 마치 체취처럼 온몸에서 풍겼다. 그리고 또 한 가지, 그는 결코 땀을 흘리지 않았다. 심지어 8월의 찌는 듯한 무더위에도 땀이라고는 흘리지 않았는데, 그것은 분명 이상한 징후였다.

마을 사람들에게 이제 그는 예전보다도 더 위험한 요주의 인물이었다. 애틀랜타의 형무소에서 사람 홀리는 방법까지 배워 왔음이 틀림없었다. 그렇지 않고서야 어떻게 그렇게 꼽추 라이먼을 완전히 사로잡을 수 있겠는가? 마빈 메이시를 처음 본 그 순간부터 꼽추는 마치 무언가에 홀린 사람 같았다. 한시도 쉬지 않고 이 범죄자의 뒤를 따라다니고 싶어 했고, 어떻게 해서든 그의 관심을 끌어보려고 온갖 어처구니없는 계획을 세웠다. 그래도 마빈 메이시는 그를 여전히 혐오스럽게 여기거나 아니면 아예 무시해버렸다. 때때로 꼽추는 모든 것을 포기하고서 마치 병든 새가 전깃줄에 움츠리고 앉아 있듯이 현관 난간에 올라앉아서 내놓고 슬퍼했다.

"도대체 왜 이러는 거유?"

미스 어밀리어는 두 주먹을 불끈 쥐고 사팔뜨기 회색 눈으로 그를 뚫어져라 보면서 묻곤 했다.

"아, 마빈 메이시."

꼽추는 신음하듯 말했다. 그리고 그 이름을 입 밖에 낸 것만으로도 그의 흐느낌은 리듬이 깨져 딸꾹질을 해댔다.

"애틀랜타에 갔다 왔다잖아."

미스 어밀리어는 머리를 설레설레 내저었고, 얼굴은 침울하게 굳어져 있었다. 무엇보다도 그녀는 여행을 끔찍하게 싫어했다. 애틀랜타로 여행을 했다거나, 순전히 바다를 보기 위해 집을 떠나 80킬로나 갔다거나 하는, 그렇게 나돌아다니기를 좋아하는 사람들을 그녀는 경멸했다.

"애틀랜타에 갔다 온 게 무슨 대단한 일은 아니잖수."

"교도소에도 갔다 왔다던걸."

주체할 수 없는 동경심으로 마음이 찢어지듯 아파진 꼽추가 말했다. 그런 게 부럽다는데 도대체 무슨 말을 할 수 있겠는가?

"교도소에 갔다 온 게 부러워서 그래요, 라이먼 오빠? 그런 여행은 자랑할 만한 게 못 되잖수."

그렇게 말하면서도 미스 어밀리어는 스스로도 자신의 말에 자신이 없었다.

이 몇 주일 동안 미스 어밀리어는 사람들의 면밀한 관찰의 대상이 되었다. 그녀는 새로운 약을 실험하면서 극심한 고통을 참을 때처럼 완전히 정신이 나간 사람처럼 늘 아득한 표정을 짓고 있었다. 어떤 이유에서인지, 마빈 메이시가 도착한 날 이후로 그녀는 노상 입고 있던 작업복을 벗어버리고 이전 같으면 교회나 장례식, 아니면 재판소에 갈 때만 입던 붉은 원피스를 매일 입고 있었다. 그리고 몇 주일이 지나자 그녀는 이 상황을 분명하게 처리하기 위해 몇 가지 조치를 취하기 시작했다. 그러나 그녀의 노력들은 이해하기 어려운 것이었다. 만약 라이먼이 마빈 메이시를 좇아 마을 여기저기 다니는 꼴이 보기 싫다면, 왜 꼽추에게 딱 부러지게 말하지 않는 것일까? 마빈 메이시를 계속 상대한다면 집에서 당장 내쫓아버리겠다고 말하면 되지 않는가 말이다. 그것은 아주 쉬운 일이었고 라이먼은 그녀의 말을 받아들여야만 했을 것이다. 그렇지 않으면 집도 절도 없는 처량한 신세를 면치 못했을 테니 말이다. 그러나 미스 어밀리어는 송두리째 결단력을 잃어버린 듯했다. 난생처음으로 어떤 식으로 일을 처리해야 할지 몰라 머뭇거렸다. 그리고 불확실한 상황에 놓인 사람들이 대부분 그렇듯이 그녀는 전혀 승산 없는 쪽을 택하고 말았다. 그녀는 여러 가지 방법을 동시다발적으로 사용했는데, 안타깝게도 그 방법들은 서로 상충하거나 제각기 따로 놀았다.

카페는 평소처럼 매일 저녁 문을 열었다. 그런데 이상하게도 마빈 메이시가 꼽추를 꽁무니에 달고 온갖 거드름을 피우며 들어와도, 그녀는 그를 밖으로 내몰지 않았다. 그뿐인가. 그에게 공짜 술을 주는 것은 물론, 사팔뜨기 눈으로 헤프게 웃음을 던지기까지 했다. 동시에 어밀리어는 늪지에다 가공할 만한 덫을 놓았는데, 만약 마빈 메이시가 거기에 걸려들었다면 목숨을 건지기 힘들었을 것이다. 그런가 하면 라이먼으로 하여금 마빈 메이시를 일요일 저녁 식사에 초대하게 해놓고는 그가 계단을 내려갈 때 발을 걸어 굴러떨어지게 하려고도 했다. 그리고 꼽추 라이먼이 기분 전환을 할 수 있도록 엄청난 작전들을 펼치기 시작했다. 멀리 떨어져 있는 곳에서 열리는 구경거리까지 모조리 쫓아다녔고, 50킬로나 떨어진 셔터쿼까지 자동차로 드라이브를 했으며, 포크스폴스에 데리고 가서 퍼레이드를 보여주기도 했다. 이 모든 것이 미스 어밀리어에게는 마음 산란하고 괴로운 일이었다. 대부분의 사람들은 그녀가 바보 같은 짓을 하고 있다고 생각했으며, 그래서 모두 어떤 결말이 날지 호기심 있게 지켜보고 있었다.

겨울이 닥쳐와서 날씨가 다시 추워졌고, 공장의 마지막 교대가 끝나기도 전에 날은 깜깜해졌다. 아이들은 모두 옷을 입은 채로 잠을 잤고, 여자들은 불 앞에서 치마 뒷자락을 들어 올려 꿈결같이 따뜻하게 몸을 데웠다. 비가 온 뒤면 진흙 길은 바큇자국이 난 그대로 딱딱하게 얼어붙었고, 집집마다 창문에서는 희미한 불빛이 깜빡거렸으며 복숭아나무들은 잎사귀 하나 없이 앙상했다. 칠흑같이 어둡고 고요한 겨울밤에도 카페는 따뜻하고 아늑해서 이 마을의 중심이 되었다. 불빛은 어찌나 환하게 비치던지 5백 미터 떨어진 곳에서도 볼 수 있을 정도였다. 카페 뒤편에 있는 커다란 무쇠 난로는 타닥타닥 소리를 내면서 타올라 곧 벌겋게 달구어지곤 했다. 미스 어밀리어는 창문에 빨간 커튼을 만들어 달았고, 마을을 지나가는 장사꾼에게서 생화처럼 보이는 종이 장미를 사서 꽂아놓았다.

    그러나 이 카페가 마을의 중심이 된 것은 이런 따뜻함이나 실내장식들, 그리고 밝은 불빛 때문만은 아니었다. 마을 사람들이 이 카페를 그토록 소중하게 여기는 데는 더 깊은 이유가 있었다. 그리고 그 이유는 아직까지 언급하지 않았던 모종의 자부심과 관계가 있다. 이 새로운 자부심을 이해하기 위해서는 인간의 삶이란 결국 값어치가 없다는 사실을 염두에 두어야 한다. 공장 주위에는 항상 많은 사람이 몰려들었다. 그러나 그들이 자기 가족에게 필요한 음식이나 옷, 그리고 어느 정도의 고깃기름을 넉넉히 갖다주는 경우는 거의 없었다. 인생은 단지 생존을 위해서 필요한 것들을 얻기 위한 하나의 길고 어두운 싸움일 뿐이었다. 그런데 우리를 곤혹스럽게 만드는 것은 바로 이 점이다. 세상 돌아가는 방식이 그렇듯 모든 유용한 것을 얻기 위해서는 으레 값을 치러야 하고, 오직 돈으로만 살 수 있다. 목화 한 포나 당밀 2파운드 값에 대해서는 따져볼 필요도 없이 잘 알고 있다. 그러나 인간의 삶에는 아무런 값도 매겨져 있지 않다. 삶은 우리에게 공짜로 주어졌고, 값을 치르지 않고 얻어진 것이다. 그러면 삶의 가격은 얼마일까? 주위를 둘러보면, 때때로 삶이란 전혀 가치 없거나 만약 있다고 해도 아주 미미한 것처럼 보일 때가 있다. 죽을 힘을 다해 노력해도 내가 처한 상황이 나아지지 않으면, 영혼 깊숙한 곳에서부터 나 자신이 결국 가치 없는 인간이라는 자괴감이 밀려오지 않는가.

그러나 이 카페는 마을에 새로운 자부심을 가져다주었고 이는 거의 모든 사람, 심지어 아이들에게까지도 영향을 미쳤다. 카페에 오기 위해 반드시 여기서 식사를 하거나 술을 사야 할 필요는 없었다. 5센트면 병에 든 시원한 음료수를 살 수 있었고, 그리고 그만한 여유도 없는 사람들을 위해 미스 어밀리어는 체리 주스라고 불리는 핑크색의 아주 달짝지근한 음료수를 한 잔에 1센트씩 받고 팔았다. T. M. 윌린 목사를 제외한 거의 모든 사람이 주중에 적어도 한 번은 이 카페에 들렀다. 아이들은 원래 자기 집이 아닌 남의 집에서 잠을 자거나 밥을 먹는 것을 더 좋아한다. 그런 경우에 아이들은 예의 바르고 조심성 있게 행동하고, 그 사실을 자랑스럽게 생각한다. 마을 사람들은 이 카페의 테이블에 앉아 있을 때 그런 자랑스러움을 느꼈다. 그들은 미스 어밀리어의 카페에 오기 전에 세수를 했고 카페에 들어올 때는 정중하게 문지방에 신발을 문질러 흙을 털었다. 카페에 앉아 있는 동안만은 단 몇 시간이라도 마음속 깊이 자리 잡고 있는, 이 세상에 자신이 가치 없는 존재라는 쓰라린 생각을 조금은 떨쳐버릴 수 있었다.

카페는 독신 남자들, 불행한 사람들, 그리고 폐병 환자들에게는 특히 더 소중한 곳이었다. 아마 이쯤에서 꼽추 라이먼이 폐병 환자라고 짐작할 만한 몇 가지 이유가 있다는 것을 밝혀두는 것이 좋겠다. 그의 회색 눈의 광택, 집요함, 수다스러움, 그리고 기침, 이것들이 모두 그 증세들이다. 게다가 일반적으로 곱사등과 폐병 사이에는 어떤 관련이 있는 것으로 알려져 있다. 그러나 이런 얘기를 미스 어밀리어에게 하면 그녀는 불같이 화를 냈다. 그녀는 그런 증상들을 격렬하게 부인했으나, 사실은 남모르게 라이먼의 가슴에 뜨거운 찜질을 해주거나 크룹큐어 같은 약을 복용하게 했다. 그런데 이번 겨울에 꼽추의 기침은 부쩍 심해졌고, 때로는 추운 날에도 비지땀을 흘렸다. 그래도 아랑곳없이 그는 여전히 마빈 메이시의 뒤만 따라다녔다.

 그는 매일 아침 일찍 집을 나와 헤일 부인의 집 뒷문 쪽으로 가서 마빈 메이시가 나오기를 오랜 시간 기다리고 또 기다렸다. 마빈 메이시는 게을러서 아침에 일찍 일어나는 법이 없었기 때문이다. 꼽추는 그냥 거기에 서서 나지막한 소리로 마빈 메이시를 부르곤 했다. 그의 목소리는, 개미귀신이 살고 있을 만한 아주 조그만 구멍을 들여다보며 참을성 있게 쭈그리고 앉아서 싸릿개비로 구멍을 쑤시면서 '개미귀신, 개미귀신, 빨리빨리 나와라, 엄마 개미귀신도 나와라, 빨리빨리 나와라, 너네 집에 불이 나서 네 새끼들 다 죽는다' 하고 애달프게 불러대는 어린아이 목소리 같았다. 슬프기도 하고, 유혹하는 것 같기도 하고, 자포자기하는 체념도 들어 있는 그런 목소리로 꼽추는 매일 아침 마빈 메이시의 이름을 불렀다. 그러다가 마빈 메이시가 나오면, 꼽추는 그의 꽁무니를 따라 온 마을을 돌아다녔고, 때로는 몇 시간

씩이나 함께 습지에 가 있기도 했다.

그 와중에도 미스 어밀리어는 여전히 승산 없는 노력, 즉 서로 맞아떨어지지 않는 계획들을 계속 진행했다. 라이먼이 집을 나갈 때 그녀는 그를 붙들지 않았고, 단지 쓸쓸하게 길 한가운데에 서서 그의 모습이 보이지 않을 때까지 지켜볼 뿐이었다. 거의 매일 저녁 시간이 되면 마빈 메이시는 라이먼과 함께 나타나 그녀와 같은 식탁에서 식사를 했다. 미스 어밀리어는 배로 만든 잼 병을 새로 땄고 햄이나 닭고기, 큰 사발에 담긴 옥수수죽, 겨울 완두콩들로 식탁을 정성스럽게 차려냈다. 한번은 미스 어밀리어가 마빈 메이시의 음식에 독을 넣으려고 한 적도 있다. 그러나 실수로 접시가 뒤바뀌는 바람에 결국 독이 든 음식을 먹은 것은 그녀 자신이었다. 음식 맛이 약간 씁쓸한 것으로 미루어 그녀는 금방 알아차렸다. 그날 어밀리어는 저녁을 먹지 않았고, 의자에 깊숙이 앉은 채 자신의 근육을 여기저기 만지면서 마빈 메이시를 바라보았다.

마빈 메이시는 매일 밤 카페에 와서는 한가운데에 있는 제일 크고 좋은 탁자를 차지하고 앉았다. 라이먼은 그에게 술을 가져다주었는데, 물론 마빈 메이시는 그에 대해 돈을 한 푼도 지불하지 않았다. 그는 꼽추 라이먼을 마치 습지의 모기 한 마리 대하듯 했다. 이런 호의에 대해서도 전혀 고마움을 보이지 않을 뿐만 아니라, 만약 꼽추가 조금이라도 거치적거리면 손등으로 그를 후려치거나 아니면 "꺼져, 이 병신아. 안 그러면 머리를 홀랑 까버릴 테니까." 하고 으름장을 놓는 것이었다. 이런 일이 생길 때면 미스 어밀리어는 카운터 뒤에서 나와 두 주먹을 불끈 쥔 채 천천히 마빈 메이시에게 다가갔다. 우스꽝스러운 붉은 원피스는 그녀의 앙상한 무릎 부근에 어색하게 늘어져 있었다. 그러면 마빈 메이시도 주먹을 불끈 쥐고 일어나서, 두 사람은 천천히, 그리고 호시탐탐 기회를 노리듯 서로의 주위를 빙빙 돌았다. 사람들은 모두 숨을 죽이고 쳐다보았지만, 아무 일도 일어나지 않았다. 아직은 맞붙어 싸울 시기가 오지 않은 것이다.

  이 겨울이 여전히 사람들의 기억에 남아서 입에 오르내리는 데는 특별한 이유가 하나 있다. 실로 대단한 일이 벌어졌던 것이다. 정월 초이튿날 아침에 사람들이 잠을 깨어보니 세상이 온통 달라져 있었다. 아무것도 모르는 아이들은 창밖을 내다보고는 이상하게 변한 세상의 모습에 너무 당황하여 소리 내어 울기 시작했다. 나이 든 사람들이 지난 기억을 샅샅이 더듬어보았지만 이 지역에서 이런 일이 일어난 것은 처음이었다. 밤새 눈이 내린 것이다. 자정이 지나서 아주 깜깜할 때부터 희끗희끗한 눈송이가 부드럽게 마을 위로 내려앉기 시작했다. 새벽녘에는 땅이 완전히 뒤덮였다. 그리고 그 이상한 눈은 교회의 빨간 창문 가장자리를 하얗게 만들고, 집집마다 지붕을 하얗게 만들었다. 눈이 내린 마을은 어딘지 모르게 지치고 황량해 보였다.

공장 근처의 방 두 칸짜리 집들은 더럽고 일그러져 금방이라도 무너져 내릴 것만 같았고, 어쩐지 모든 것이 전보다 더 작고 어두워 보였다. 그러나 눈 자체는 이 근처에 사는 사람들이 결코 알지 못했던 아름다움을 갖고 있었다. 눈은 북부 사람들이 생각하듯이 그런 단순한 흰색이 아니었다. 파르스름한 은색이 돌았다. 하늘은 옅은 잿빛으로 빛나고 있었다. 그리고 살며시 내리는 눈에는 꿈 같은 고요함이 깃들어 있었다. 언제 이 도시가 이렇게 고요한 적이 있었던가?

사람들은 내리는 눈에 대해서 각기 다른 반응을 보였다. 미스 어밀리어는 창밖을 내다보면서 무슨 생각에라도 잠긴 듯 양말도 신지 않은 맨발가락을 꼼지락거리며 잠옷의 깃을 바짝 여몄다. 그녀는 한동안 창가에 서 있다가 셔터를 내리고 집에 있는 모든 창문을 잠그기 시작했다. 그렇게 집을 완전히 봉쇄한 다음 그녀는 불을 켜고 옥수수죽 한 사발을 앞에 놓고 엄숙하게 앉았다. 미스 어밀리어가 그런 행동을 한 것은 내리는 눈이 무서워서가 아니었다. 단순히 이 새로운 사건에 대해 어떤 견해를 가져야 할지 즉각적인 판단을 내릴 수 없었기 때문이었다. 그녀는 자신이 어떤 일에 대해 정확하고 확실하게 알지 못하면(이런 경우는 매우 드물었지만) 그냥 그것을 무시해버리곤 했다. 이제껏 그녀가 살아오는 동안 한 번도 눈이 내리는 것을 본 적이 없었고, 그래서 그것에 대해서 한 번도 생각해본 적이 없었다. 만약 그녀가 눈이 내리고 있다는 사실을 인정한다면 그것에 대해 어떤 결정을 해야만 했는데, 주지하다시피 그 무렵 그녀의 생활은 그런 번거로움이 아니어도 충분히 혼란스러웠다. 그래서 그녀는 음산하게 불이 켜진 집 안을 이리저리 돌아다니며 마치 아무 일도 일어나지 않은 것처럼 행동했다. 반대로 꼽추 라이먼은 미칠 듯이 흥분하여 여기저기 쫓아다녔고, 미스 어밀리어가 아침 식사를 접시에 담느라 등을 돌린 사이 살짝 문을 빠져나갔다.

마빈 메이시는 눈에 관해 아는 사람은 자기밖에 없다고 떠들어댔다. 자신은 눈을 이미 잘 알고 있고, 애틀랜타에서 본 적도 있다고 말했다. 그리고 마을을 돌아다니면서 으스대는 품이 마치 눈송이 하나하나가 모두 자신의 소유물이나 되는 것 같았다. 그는 겁이 나서 살금살금 집 밖으로 나와 눈을 한 주먹 집어 들고 맛을 보는 어린아이들을 비웃었다. 윌린 목사는 일요일의 설교를 어떻게 눈과 연관시킬까 골똘하게 생각하느라 마치 화가 난 듯한 표정으로 길을 따라 걸어 내려갔다. 대부분의 사람들은 이 놀라운 일을 겸허하고 기쁘게 받아들였다. 그들은 조용한 목소리로 얘기했고, 필요 이상으로 '고맙습니다' 또는 '실례합니다'라는 표현을 썼다. 물론, 몇몇 심약한 사람들은 어쩔 줄 몰라 술을 마시고 취해 있었지만, 그런 사람들은 그다지 많지 않았다. 눈이 온다는 것은 마을의 모든 사람에게 큰 사건이었고, 많은 사람이 주머닛돈을 세어보면서 그날 밤 카페에 갈 계획을 세웠다.

마빈 메이시가 눈에 관한 한 자신이 최고라고 떠드는 말에 맞장구를 치면서 라이먼은 하루 종일 그를 쫓아다녔다. 그는 눈이 비처럼 내리지 않는다는 사실에 놀라며 꿈결같이 부드럽게 내리는 눈송이들을 어찌나 뚫어져라 쳐다보았는지 나중에는 어지러워서 비틀거릴 지경이었다. 마빈 메이시라는 영광을 등에 업고 덩달아 뽐내는 품이 너무나 꼴불견이라 사람들은 참다못해 "마차 바퀴에 붙어 있는 파리가 '이것 봐, 우리가 이렇게 많은 먼지를 일으키는구나!' 하고 뻐기는 격이군그려!" 하고 비아냥거렸다.

　미스 어밀리어는 그날은 저녁 식사를 팔지 않을 생각이었다. 그러나 여섯 시에 현관에서 발소리가 들리자 조심스럽게 문을 열었다. 현관에 서 있던 사람은 헨리 포드 크림프였는데, 비록 식사는 준비해놓지 않았지만 그를 테이블에 앉히고는 마실 것을 내주었다. 곧이어 다른 사람들도 모여들었다. 그날 저녁은 대기에 푸르스름한 기가 서릴 정도로 살을 에는 듯이 추웠다. 눈은 이제 그쳤지만 솔숲에서 불어오는 바람이 땅에 쌓인 자잘한 눈가루들을 이리저리 휩쓸었다. 라이먼은 날이 어두워져서야 돌아왔는데 물론 마빈 메이시와 함께였고 게다가 마빈 메이시의 가방과 기타를 들고 있었다. 미스 어밀리어는 재빨리 "그래, 어디 여행이라도 가려고?" 하고 물었다. 마빈 메이시는 난롯불에 몸을 녹였다. 그러면서 탁자에 앉아 작은 나뭇조각 하나를 집어 끝이 뾰족해지도록 깎았다. 그것으로 이를 쑤시다가 입에서 빼내 끝을 보고는 외투 소매에 문질러 닦았다. 그는 미스 어밀리어의 질문에 구태여 대답하려 하지 않았다.

　꼽추는 카운터 뒤에 있는 미스 어밀리어를 쳐다보았다. 그 표정에는 애원하는 기미가 조금도 보이지 않았고 오히려 아주 자신만만해 보였다. 그는 뒷짐을 지고 의기양양하게 두 귀를 쫑긋거렸다. 뺨은 홍조를 띠었고 눈은 번쩍이는데다 옷은 흠뻑 젖어 있었다.

"마빈 메이시는 한동안 우리와 함께 지낼 거야."

꼽추가 말했다.

미스 어밀리어는 아무런 대꾸도 하지 않았다. 다만 그 말을 듣고 갑자기 추위라도 느낀 듯이 카운터 뒤에서 걸어 나와 난로 곁에 구부정하게 서 있었다. 그녀는 여러 사람이 있는 자리에서 대부분의 여자들이 그렇듯이, 치마를 살짝만 들어 올리고 얌전하게 엉덩이에 불을 쬐지 않았다. 미스 어밀리어는 조신하게 보이려고 내숭 떠는 일이 결코 없었으며, 남자들이 함께 있다는 사실도 별로 의식하지 않는 것처럼 보였다. 지금 불을 쬐고 서 있는 동안에도, 그녀의 붉은 원피스는 뒤로 잔뜩 들어 올려져 있어서 그녀의 단단하고 털이 숭숭 난 허벅지가 훤히 들여다보일 정도였다. 그녀는 시선을 한곳에 고정하고 머리를 끄덕이거나 이맛살을 찌푸리며 혼잣말을 했는데, 무슨 말인지 분명하게 들리진 않았지만 그 목소리에 비난과 질책의 어조가 담겨 있는 것은 확실했다. 그러는 동안 꼽추와 마빈 메이시는 위층으로 올라가서, 팜파스그래스가 꽂혀 있고 재봉틀 두 대가 놓여 있는 거실뿐 아니라 미스 어밀리어가 일생 동안 살아온 방을 마구 돌아다녔다. 카페 아래층에선 그들이 여기저기 쿵쿵거리며 부딪히는 소리, 마빈 메이시가 짐을 풀고 이제 이 집에서 살기 위해 준비를 하는 소리가 들렸다.

  이렇게 하여 마빈 메이시는 미스 어밀리어의 집에 비집고 들어오게 되었다. 처음에는 라이먼이 마빈 메이시에게 자신의 방을 내주고 거실에 있는 소파에서 잠을 잤다. 그러나 찬 눈을 맞으며 돌아다닌 것이 발단이 되어 감기에 걸려 편도선염까지 앓게 되자, 미스 어밀리어가 자신의 침대를 꼽추에게 내주었다. 응접실의 소파는 그녀에게 너무 작아서 발을 소파 가장자리 위로 걸쳐야 했고 자다가 마룻바닥에 굴러떨어지는 경우도 종종 있었다. 그녀의 판단력이 둔해지게 된 건 아마 이러한 수면 부족 때문일 것이다. 마빈 메이시를 해치려고 했던 계획들은 모조리 수포로 돌아가 오히려 그녀가 자기 꾀에 자기가 넘어간 셈으로 여러 번 딱한 상황에 처해졌다. 그럼에도 여전히 그녀는 마빈 메이시를 쫓아내지 못했는데, 이는 혼자 남겨진다는 두려움 때문이었다. 다른 사람과 한 번이라도 같이 살아보고 난 후에 다시 혼자가 된다는 것은 지독한 고문이다. 난롯불만 타고 있는 방에서 갑자기 시계의 똑딱거리는 소리가 멈출 때 느껴지는 정적과 텅 빈 집 안에 너울거리는 그림자―이런 혼자라는 공포와 마주하기보단 차라리 철천지원수를 들이는 게 나을지도 모른다.

눈은 오래가지 않았다. 해가 나고 이틀 만에 마을은 예전과 다름없는 모습으로 되돌아갔다. 미스 어밀리어는 쌓인 눈이 남김없이 다 녹고 나서야 온 집 안의 문을 열었다. 그리고 대대적으로 집 청소를 하면서 안에 있던 것을 모두 꺼내어 햇볕에 말렸다. 그러나 그 일을 하기 전에 그녀가 며칠 만에 뒷마당에 나와서 맨 처음 한 일은 멀구슬나무의 제일 큰 가지에 밧줄을 맨 것이었다. 밧줄의 끝에는 모래를 꽉 채운 누런색 베자루를 단단히 묶어 매달았다. 그것은 그녀가 직접 만든 샌드백이었고 그날 이후로 매일 아침 뜰에서 권투 연습을 했다. 그녀는 본래가 탁월한 싸움꾼이었는데, 발놀림은 다소 둔했지만 그것을 충분히 만회할 만한 온갖 종류의 누르기, 비틀기 등의 기술을 두루 갖추고 있었다.

이미 언급했지만 미스 어밀리어는 키가 180센티인 장신이었고 마빈 메이시가 그녀보다 3센티 정도 작았다. 몸무게로 보자면 둘 다 거의 70킬로에 달했다. 마빈 메이시는 몸놀림이 민첩하고 가슴이 단단하다는 점이 유리했다. 사실 겉으로만 보면 마빈 메이시 쪽이 훨씬 유리했다. 그럼에도 불구하고 거의 모든 마을 사람들이 미스 어밀리어에게 돈을 걸었고 마빈 메이시에게 돈을 건 사람은 한두 명이 될까 말까 했다. 마을 사람들은 전에 미스 어밀리어와 그녀를 속이려고 했던 포크스폴스 변호사 간에 벌어졌던 큰 싸움을 기억하고 있었다. 그는 몸집이 아주 크고 건장한 남자였으나, 그녀가 싸움을 끝내고 손을 뗄 즈음에는 거의 초주검이 되어 있었다. 그러나 사람들에게 강렬한 인상을 남긴 것은 단지 그녀가 싸움을 잘한다는 것뿐만이 아니었다. 그녀는 험악한 표정과 사나운 고함으로 상대방의 기를 완전히 꺾어놓기 때문에 구경꾼조차도 겁에 질릴 지경이었다. 그녀는 용감했고, 열심히 샌드백으로 연습을 했다. 싸움에도 틀린 쪽 옳은 쪽이 있다면 이 싸움의 경우 분명히 그녀가 옳은 쪽이었다. 사람들은 그녀가 이기리라 믿었고, 또 이기기를 기대했다. 물론 이 대결의 날짜가 정해져 있는 것은 아니었다. 단지 여러 가지 뚜렷한 조짐이 있어 조만간 둘 사이에 싸움이 닥치리라고 예측할 수 있었다.

이 무렵 꼽추는 조막만 한 얼굴을 만족감으로 잔뜩 일그러뜨린 채 거들먹대며 돌아다녔다. 그는 온갖 미묘하고 교활한 방법으로 미스 어밀리어와 마빈 메이시 사이에 마찰을 일으켰다. 그는 마빈 메이시의 주의를 끌기 위해 걸핏하면 그의 바짓가랑이를 잡아당겼다. 요새도 때때로 미스 어밀리어의 뒤를 쫓아다녔지만, 그것은 단지 그녀가 긴 다리로 우스꽝스럽게 걷는 걸음걸이를 흉내 내기 위해서였다. 그는 자신의 눈을 사팔로 만들고 그녀가 무슨 괴물이라도 된다는 듯이 몸동작까지 흉내 내었다. 이런 행동에는 소름 끼칠 정도로 잔인한 구석이 있어서 심지어 멀리 라이언처럼 카페를 찾는 손님 중 제일 웃음이 헤픈 사람들조차도 웃지 않았다. 다만 마빈 메이시만이 왼쪽 입꼬리를 올리면서 비죽 웃을 따름이었다. 이럴 때면 미스 어밀리어에게 두 가지 감정이 교차했다. 그녀는 당황하고 참담한 심정으로 원망하듯 꼽추를 쳐다보고선 이를 악물고 마빈 메이시를 향해 돌아섰다.

"뒈져버려!"

격분한 목소리로 그녀는 소리치곤 했다.

그러면 마빈 메이시는 의자 옆 바닥에 있는 기타를 집어 들었다. 항상 입에 침이 많이 고여 있어서 그의 목소리는 축축하고 끈적끈적했다. 그의 노랫소리는 목구멍에서 뱀장어처럼 천천히 미끄러져 나오는 듯했다. 그의 억센 손가락은 노련하게 기타 줄을 튕겼고, 그가 부르는 노래는 한편으로는 달콤하게 유혹하고 또 한편으로는 사람 속을 뒤집어 놓는 것들이었다. 이 정도 되면 미스 어밀리어도 더 이상

참지 못하고 다시 고함을 질렀다.

"뒈져버리라고!"

그러나 마빈 메이시는 항상 맞붙을 준비가 되어 있었다. 그는 기타 줄을 손으로 눌러서 떨리는 여운을 가라앉힌 다음 거만하게 느릿느릿한 목소리로 대답하곤 했다.

"나한테 그래 봤자 밑천도 못 건질걸. 어디 해볼 테면 해보지!"

미스 어밀리어는 이런 함정에서 빠져나갈 도리가 없어 속수무책으로 서 있을 수밖에 없었다. 결국은 자신에게 되돌아올 욕설을 내뱉을 수 없었기 때문이었다. 이미 그녀의 약점을 파악한 마빈 메이시에게 대응해서 그녀가 할 수 있는 일이라곤 아무것도 없어 보였다.

상황은 이런 식으로 흘러갔다. 밤새 위층 방에서 세 사람이 무슨 일을 하는지는 아무도 모를 일이었다. 그러나 카페는 밤이면 밤마다 더욱더 성황을 이루어서 새로운 탁자를 들여놓아야 할 정도가 되었다. 심지어 여러 해 전에 세상을 등지고 늪지로 들어가서 '은둔자'라고 불리는 라이너 스미스란 좀 머리가 돈 사람도 어느 날 밤 소문을 듣고 찾아와 창문을 통해 환한 카페에 모여 있는 사람들을 호기심 어린 눈으로 들여다보았다. 매일 밤 긴장이 최고조에 달하는 순간은 미스 어밀리어와 마빈 메이시가 주먹을 불끈 쥐고 금방이라도 달려들 듯 상대방을 서로 노려보는 때였다. 이러한 상황은 대부분 어떤 특별한 논쟁 뒤가 아니라, 둘만의 본능적인 직감에 의해서 불가사의하게 일어나는 것 같았다. 그럴 때면 카페는 아주 조용해져서 문틈으로 들어오는 바람에 종이 장미가 바스락거리는 소리까지 들릴 정도였다. 그들이 이렇게 싸울 태세를 하고 서 있는 시간은 매일 밤 조금씩 더 길어져갔다.

대결은 성촉일(聖燭日)인 2월 2일에 벌어졌다. 비가 오지도 않고 햇살이 너무 눈부시지도 않은 날씨에 기온도 적당했다. 드디어 이날 두 사람의 결투가 벌어질 것을 알리는 몇 가지 조짐이 있었고, 오전 열 시쯤에는 그 소문이 온 마을에 퍼졌다. 아침 일찍 어밀리어는 밖으로 나가서 샌드백의 매듭을 끊어 내렸다. 마빈 메이시는 돼지기름이 든 양철 깡통을 사타구니에 끼고 뒷문 계단에 앉아 정성껏 팔과 다리에 기름을 발랐다. 그런가 하면 가슴에서 피를 흘리는 매 한 마리가 마을 위로 날아와서 미스 어밀리어의 집 주위를 두어 번 선회했다. 카페 안에 있는 탁자들은 모두 뒷문 밖으로 옮겨져서 널따란 내부 전체가 싸움을 위해 말끔히 치위졌다. 그뿐이 아니었다. 미스 어밀리어와 마빈 메이시 둘 다 점심으로 설익힌 고기를 4인분씩 먹고서 힘을 축적하기 위해 오후 내내 누워 있었다. 마빈 메이시가 위층 큰방에서 쉬는 동안 미스 어밀리어는 그녀의 사무실에 놓인 긴 의자에 다리를 쭉 뻗고 누웠다. 창백하게 굳은 얼굴 표정으로 보아 아무것도 하지 않고 가만히 누워 있는 것이 그녀에게 얼마나 큰 고통인지 잘 알 수 있었다. 그러나 두 눈을 꼭 감고 두 손을 포개어 가슴에 얹은 채 송장처럼 조용히 누워 있었다.

라이먼은 하루 종일 들떠 있었다. 그의 작은 얼굴은 흥분 때문에 경직되고 긴장되어 있었다. 그는 손수 도시락을 싸서는 성촉일에 봄의 전령으로 나타난다는 마멋을 찾으러 나간다더니 도시락만 까먹고 한 시간도 못 되어 돌아와서는 마멋이 자기 그림자를 보았으니 날씨가 안 좋아질 것 같다고 말했다. 그러고선 미스 어밀리어와 마빈 메이시가 힘을 아끼느라 휴식을 취하고 있어 혼자 남게 되자, 문득 현관에 페인트칠이나 하는 게 좋겠다는 생각을 했다. 그 집은 여러 해 동안 페인트칠을 새로 한 적이 없었다. 아니, 애당초 페인트칠을 했는지조차 구분이 안 될 정도였다. 라이먼이 촐랑대며 왔다 갔다 하더니 얼마 지나지 않아 현관 앞

마룻바닥의 반 정도가 밝은 초록색으로 칠해졌다. 그는 온몸에 페인트칠 범벅을 하고는, 평상시에 끈기 없이 행동하던 대로 마루를 다 칠하기도 전에 다시 벽에다가 칠하기 시작했다. 자신의 팔이 닿는 데까지 칠하고 난 뒤 30센티 정도 더 높은 곳을 칠하려고 나무 상자 위에 올라섰다. 페인트가 동이 났을 때는 마룻바닥의 오른쪽 반만 밝은 초록색이고 벽은 부분적으로 들쭉날쭉하게 페인트칠 자국이 생겼다. 라이먼은 그런 상태로 현관을 내버려두었다.

그렇게 칠해놓고도 썩 흡족해하는 모습은 어딘지 어린애 같은 구석이 있었다. 이 점에 있어서 좀 의문 나는 바를 얘기해야겠다. 마을 사람들 중 누구도, 심지어는 미스 어밀리어조차도, 꼽추의 나이를 알 수 없었다. 어떤 이는 꼽추가 마을에 왔을 때 열두 살 정도의 어린애에 불과했다고 하고 또 어떤 이는 족히 마흔은 넘고도 남을 것이라고 했다. 그의 눈동자는 아이들의 눈처럼 파랗고 차분하지만 눈 밑에는 나이를 짐작케 해주는 연보라색 잔주름이 그늘져 있었다. 그의 기묘하게 휘어진 곱사등인 몸을 보고 나이를 짐작하는 것은 불가능했다. 심지어 그의 치아를 봐도 알 수 없는 것이, 이가 모두 멀쩡한데도(호두를 까먹느라 두 개나 부서지긴 했지만) 달콤한 코담배 때문에 변색되어서 나이든 사람의 치아인지 젊은이의 것인지 구별할 수가 없었다. 나이에 대해 대놓고 물으면 꿈추는 자신도 전혀 모르겠다고 했다. 놀랍게도 이 세상에서 십 년을 살았는지 백 년을 살았는지 통 생각이 안 난다는 것이었다! 그래서 그의 나이는 여전히 수수께끼로 남아 있었다.

라이먼이 페인트칠을 끝냈을 때는 오후 다섯 시 삼십 분이었다. 날씨는 점점 추워지고 대기는 축축했다. 솔숲에서 바람이 불어와 창문이 덜컹거리고 오래된 신문지 한 장이 길에서 이리저리 휘날리다가 결국엔 가시나무에 걸렸다. 인근 지역에서 사람들이 오기 시작했다. 창문마다 머리를 내민 아이들이, 빼곡하게 들어찬 자동차나 씁쓸한 미소를 짓는 듯한 표정으로 피곤한 눈을 반쯤 감은 채 터벅터벅 걷는 늙은 노새가 끄는 짐마차를 타고서 모여들었다. 소사이어티 시티에서도 세 명의 청년들이 왔다. 세 명 다 노란색 레이온 셔츠를 입고 모자챙을 뒤로 돌려쓰고 있었는데 마치 세 쌍둥이처럼 비슷해 보였다. 그들은 닭싸움이나 캠프 오락이 있으면 으레 나타나는 무리였다. 여섯 시에 방적 공장에서 교대 시간이 끝나는 호각 소리가 들리고 사람들은 모두 일을 마쳤다. 새로 온 사람들 중에는 당연히 거지들이나 낯선 사람들, 별별 사람들이 다 있었지만 그럼에도 불구하고 모두가 말 한마디 없이 조용했다. 마을 전체가 숨을 죽인 듯 정적에 휩싸였다. 해가 저물자 사람들의 얼굴은 석양 속에서 기이하게 보였다. 살며시 어둠이 내리기 시작했다. 잠깐 하늘이 선명한 연노란색을 띠며 교회의 박공지붕이 검은 테두리를 그리더니 마치 서서히 죽어가듯 빛을 잃고는 어둠이 몰려와 밤이 되었다.

일곱이라는 숫자는 어차피 사람들에게 제일 인기 있는 수이지만 미스 어밀리어는 유별나게 그 수를 좋아했다. 딸꾹질이 그치지 않을 땐 물을 일곱 모금 마시기, 목에 쥐가 나면 물방아용 저수지 주위를 일곱 번 달리기, 약을 처방할 때도 '기적의 어밀리어 구충약'을 일곱 번 복용하기 등, 그녀의 처방은 거의가 이 숫자에 따라 정해졌다. 일곱이라는 숫자에는 여러 가지 가능성이 내재해 있어 신비와 마력을 좋아하는 사람이라면 누구라도 이 숫자를 각별히 생각한다. 그래서 싸움은 정각 일곱 시에 하기로 되어 있었고, 그것을 모르는 이는 없었다. 그것은 공식적인 공표나 언질이 있어서가 아니라, 마치 비가 오는 것을 미리 알 수 있듯이, 혹은 습지에서 풍겨오는 냄새를 느낄 수 있듯이 자연스레 알게 되는 것이었다. 그래서 일곱 시가 되기 전에 사람들은 미스 어밀리어의 집 주위로 엄숙한 표정으로 모여들었다.

개중에도 약삭빠른 사람들은 카페 안으로 들어가서 벽 가장자리를 따라 서 있었고, 다른 이들은 현관 앞에 모여 있거나 뜰에 자리를 잡고 있었다.

미스 어밀리어와 마빈 메이시는 아직 나타나지 않고 있었다. 미스 어밀리어는 오후 내내 사무실의 긴 의자에 누워 쉬고 난 뒤 이 층으로 올라갔다. 라이먼은 카페 밖에 서 있는 사람들 틈 속을 이리저리 헤집고 다니며 초조한 듯이 손가락을 꺾거나 눈을 깜박거리더니 일곱 시 일 분 전이 되자 허둥지둥 카페로 들어와서는 카운터 위로 기어 올라갔다. 아무도 입을 열지 않은 채 사방은 조용했다.

사전에 미리 약속이 되어 있었던 모양이었다. 시계가 일곱 시를 치자마자 미스 어밀리어가 계단 꼭대기에 모습을 드러냈고 동시에 마빈 메이시도 카페 앞에 나타났다. 사람들은 묵묵히 그에게 길을 비켜주었다. 두 사람은 천천히 서로에게 다가갔다. 이미 둘 다 주먹을 꽉 쥔 상태였고 눈은 마치 꿈을 꾸고 있는 듯 몽롱해 보였다. 미스 어밀리어는 붉은 원피스 대신 이전에 줄창 입던 작업복을 입고 있었는데, 무릎까지 바지를 걷어붙였다. 그녀는 맨발이었고 오른쪽 손목에는 기운을 북돋워준다는 쇠줄을 친친 감고 있었다. 마빈 메이시 또한 바짓가랑이를 걷어 올리고 잔뜩 기름칠을 한 웃통을 벗어 올리고 있었다. 그는 교도소에서 나올 때 받은 묵직한 구두를 신고 있었다. 스텀피 맥페일은 사람들 앞으로 나와서 혹시라도 칼을 숨겼는지 확인하기 위해 오른쪽 손바닥으로 두 사람의 바지 뒷주머니를 쳐보았다. 그가 물러서자 불이 환하게 켜진 카페의 한가운데에는 두 사람만 남게 되었다.

아무런 신호도 없었으나 그들은 동시에 주먹을 휘두르기 시작했다. 둘 다 동시에 서로 턱에 일격을 가한 터라 미스 어밀리어와 마빈 메이시의 머리가 뒤로 홱 젖혀져서 한동안 비틀거렸다. 첫 번째 일격에 이어 그들은 발로 바닥을 긁으며 여러 가지 자세를 취해보거나 허공에 주먹질을 해대었다. 그러더니 순간 두 사람은 성난 살쾡이처럼 갑작스레 달려들어 하나가 되어 뒹굴었다. 서로 주먹으로 때리는 소리, 헐떡거리는 소리, 그리고 바닥에 쿵쿵 부딪히는 소리가 들렸다. 그들의 동작은 너무 빨라서 상황이 어떻게 되어가는지 제대로 파악할 수 없었다. 그러나 한 번은 미스 어밀리어가 뒤로 밀려나 비틀거리다가 거의 넘어질 뻔했고 또 한 번은 마빈 메이시가 어깨를 한 대 얻어맞아 마치 팽이처럼 한 바퀴 빙그르르 돌았다. 그렇게 한동안 격렬하게 싸움이 계속되었다. 그러나 그 어느 쪽도 지치는 기색은 없었다.

 이처럼 두 적수가 민첩하고 격렬하게 맞붙어 싸울 때는 이 혼란스러운 대결에서 눈을 돌려 구경꾼들을 관찰해보는 것도 괜찮을 법하다. 사람들은 벽에 찰싹 달라붙어 있었다. 스텀피 맥페일은 한구석에 쪼그리고 앉아 흥분해서 주먹을 꼭 쥔 채 괴상한 신음 소리를 내고 있었다. 늘 좀 어리숙한 멀리 라이언은 입을 너무 벌리고 있어서 파리가 입안으로 날아 들어갔는데, 그것도 모르고 그만 침을 꿀꺽 삼켜버렸다. 그리고 라이먼—그의 모습은 정말 가관이었다. 꼽추는 여전히 카운터 위에서 카페의 다른 사람들보다 높이 서 있었다. 그는 엉덩이에 양손을 얹고 그 커다란 머리통을 앞으로 쑥 내민 채 짧은 다리를 구부리고 있어서 무릎은 양옆으로 툭 불거져 나와 보였다. 너무나 흥분한 나머지 얼굴은 붉으락푸르락했고 창백한 입술은 부들부들 떨렸다.

 싸움의 양상이 달라지기 시작한 것은 반 시간 정도 후였다. 수백 번을 치고받았지만 둘은 여전히 하나가 되어 뒹굴었고 싸움은 우열을 가리기가 힘들었다. 그러다 갑자기 마빈 메이시가 미스 어밀리어의 왼팔을 잡아서 뒤로 비틀었다. 그녀는 몸부림을 치며 안간힘을 쓰다가 그의 허리를 움켜잡았다. 바야흐로 진짜 싸움이 시작된 것이다. 이 지방에서 싸움이라고 하면 보통 레슬링을 말한다. 권투는 동작이 너무 빠른 데다가 많은 사고와 집중력을 요구하기 때문이었다. 미스 어밀리어와 마빈 메이시가 드디어 서로를 잡고 엉겨 붙자 구경꾼들은 정신을 차리고 더 가까이 모여들었다. 한동안 두 사람은 엉치뼈를 서로 맞댄 채 기를 쓰고 버텼다. 이 상태로 그들은 앞뒤로, 그리고 양옆으로 움직여나갔다. 마빈 메이시는 아직 땀을 흘리지 않았으나 미스 어밀리어는 땀을 많이 흘렸는데, 작업복을 흠뻑 적시고, 그것도 모자라 종아리를 타고 내려와 바닥에 젖은 발자국을 남겼다. 그러다 결정적인 순간이 오고, 사력을 다해야 하는 순간이 오자 힘을 더 발휘한 사람은 미스 어밀리어였다. 마빈 메이시의 몸뚱어리는 기름칠 때문에 미끄러워서 붙잡기가 까다로웠지만 그녀의 힘이 더 세었다. 그녀는 그를 뒤로 꺾어서 조금씩 조금씩 바닥으로 내리눌렀다. 그것은 정말 끔찍한 광경이었고, 한동안 카페 안에서는 이들이 헐떡거리는 숨소리만 들렸다. 마침내 그녀는 그를 납작하게 바닥에 뉘었고, 그 위에 올라타 억세고 큰 손으로 그의 목을 죄기 시작했다.

그러나 그 순간, 미스 어밀리어가 싸움에서 이기려는 바로 그 순간, 등골을 오싹하게 만드는 비명이 카페 안을 뒤

흔들었다. 그때 일어난 일은 아직도 불가사의한 일로 남아 있다. 마을 사람들 모두 거기에 있었고 현장을 목격했지만, 자신의 눈을 의심하지 않을 수 없었다. 꼽추 라이먼이 서 있던 카운터는 카페 중앙에서 싸우던 두 사람과 적어도 4미터 이상 떨어져 있었기 때문이다.

그럼에도 불구하고 미스 어밀리어가 마빈 메이시의 목을 조르던 순간 꼽추는 앞으로 튀어 올라서 마치 매의 날개라도 단 듯 공중을 가로질렀다. 그는 미스 어밀리어의 널찍하고 단단한 등에 뛰어내려 사나운 짐승의 발톱같이 날카로운 손가락으로 그녀의 목덜미를 단단히 움켜쥐었다.

그 후로는 완전한 난장판이 벌어졌다. 구경꾼들이 겨우 제정신을 차렸을 때는 이미 미스 어밀리어가 패배한 후였다. 결국 꼽추로 인해서 싸움은 마빈 메이시의 승리로 끝났고, 미스 어밀리어는 바닥에 사지를 쭉 뻗은 채 꼼짝도 못하고 대자로 뻗어 있었다. 마빈 메이시는 눈을 휘둥그렇게 뜨고 그녀를 내려다보고 있었으나 여전히 한쪽 입꼬리를 치켜든 채 예의 그 비웃는 미소를 짓고 있었다. 그리고 나서 꼽추는 갑자기 사라져버렸다. 아마 자신이 저지른 일 때문에 겁이 났거나 아니면 너무 기쁜 나머지 혼자서 즐거움을 만끽하려고 했는지도 모른다. 어쨌든 그는 아무도 몰래 카페를 빠져나가서 뒷문의 계단으로 내려가버렸다. 누군가 미스 어밀리어의 얼굴에 물을 끼얹자, 그녀는 천천히 일어나 다리를 질질 끌면서 자신의 사무실로 들어갔다. 열린 문틈으로 사람들은 그녀가 책상 앞에 앉아서 두 팔에 얼굴을 묻고 꺼이꺼이 목메어 우는 것을 보았다. 한번은 오른손을 들어 천천히 주먹을 쥐더니 책상을 세 번 내리치고는 맥없이 주먹을 풀고 손바닥을 위로 한 채 움직이지 않았다. 스텀피 맥페일이 앞으로 나가 문을 닫아주었다.

사람들은 하나둘씩 말없이 카페를 떠났다. 노새들을 깨워서 고삐를 풀고, 자동차 시동을 걸었으며, 소사이어티 시티에서 온 세 명의 청년들은 터덜터덜 걸어 내려갔다. 그날 벌어진 싸움은 끝난 뒤에 뭐라고 왈가왈부 잡담할 성질의 것이 아니었다. 사람들은 집에 가서 머리끝까지 이불을 뒤집어썼다. 마을은 칠흑같이 어두웠으나, 밤새도록 미스 어밀리어의 집에는 방마다 불이 켜져 있었다.

마빈 메이시와 꼽추는 동이 트기 한 시간 전쯤에 마을을 떠난 것 같았다. 떠나기 전에 그들은 다음과 같은 일들을 했다.

그들은 미스 어밀리어의 방에 있는 귀중품 진열장을 열어서 그 안에 있는 것을 몽땅 가져갔다.

그들은 자동 피아노를 부수어버렸다.

그들은 카페의 테이블마다 무시무시한 욕을 새겨놓았다.

그들은 뒤 뚜껑을 열면 폭포가 그려져 있는 시계를 찾아서 그것 역시 가져가버렸다.

그들은 사탕수수 시럽 한 통을 부엌 바닥에 온통 쏟아붓고 과일 잼이 든 병들을 다 깨뜨렸다.

그들은 늪지로 가서 증류기를 완전히 박살 내고 새로 산 커다란 응축기와 냉각기를 망가뜨리고 오두막에 불을 질렀다.

그들은 미스 어밀리어가 제일 좋아하는 음식인 소시지를 곁들인 밀죽에 그 지역 사람들을 모두 죽일 수 있을 정도의 독약을 섞어서 접시에 보기 좋게 담아 카페의 카운터 위에 올려놓았다.

그들은 미스 어밀리어가 밤새 앉아 있던 사무실에만 쳐들어가지 않았을 뿐, 생각해낼 수 있는 것은 모두 다 파괴해버렸다. 그런 뒤 두 사람은 함께 도망쳤다.

이렇게 미스 어밀리어는 마을에 혼자 남겨졌다. 이 마을 사람들은 그래도 기회만 주어진다면 종종 친절을 베푸는 사람들이라 도울 수만 있다면 그녀를 도왔을 것이다. 몇몇 아낙네들이 빗자루를 들고 카페를 찾아와서 부서진 것들을 치워주겠다고 했다. 그러나 미스 어밀리어는 멍한 사팔눈으로 그들을 쳐다보며 고개를 내저을 뿐이었다. 사흘 후에 스텀피 맥페일이 퀴니 담배를 사 왔는데 미스 어밀리어는 담뱃값이 1달러라고 말했다. 카페에 있는 모든 물건은 갑작스레 1달러로 가격이 치솟았다. 그러니 그게 무슨 카페란 말인가? 또한 그녀는 의사로서도 아주 이상해졌다. 지난 수년 동안 그녀는 치호에 있는 의사보다 훨씬 더 인기가 많았다. 그녀는 환자들이 정말 필요로 하는 술이나 담배 같은 것들을 금지해가며 그들의 영혼을 함부로 놀린 적이 한 번도 없었다. 아주 이따금씩 진지한 태도로 환자에게 튀긴 수박 같은 음식을 먹지 말라고 경고하는 적은 있었지만, 그런 음식은 애당초 환자가 아예 먹고 싶은 생각이 없는 것들이었다. 그런데 이제 그 현명한 의사 노릇은 끝이 나버린 것이다. 그녀는 찾아오는 환자들의 절반에게는 곧 죽게 될 것이라고 말했고, 나머지 절반에게는 도저히 제정신을 가진 사람의 생각이라고는 믿기지 않을 정도로 터무니없고 고통스러운 치료 방법들을 권했다.

미스 어밀리어는 머리가 제멋대로 자라도록 내버려두었고 머리털은 희끗희끗해져 갔다. 그녀의 얼굴은 수척해졌으며 단단했던 온몸의 근육들은 쪼그라들어 노처녀가 히스

테리를 부릴 때처럼 날이 갈수록 여위어갔다. 그리고 회색 눈동자는 나날이 조금씩 더 심하게 가운데로 모여서 마치 슬픔과 고독의 눈빛을 나누기 위해 서로를 간절히 찾고 있는 것처럼 보였다. 게다가 지독하게 날카롭고 신랄한 말만 골라 아무렇게나 내뱉었기 때문에 사람들은 그녀의 말을 듣고 싶어 하지 않았다.

누가 꼽추 이야기를 하면 그녀는 "흥, 나한테 잡히기만 하면 창자를 찢어서 고양이 먹이로 줄 텐데!"라고 말할 뿐이었다. 그러나 끔찍한 것은 이런 말이 아니라 이 말을 하는 그녀의 목소리였다. 그녀의 목소리에는 예전의 활기라곤 없었다. 그녀가 '나하고 결혼했던 직조기 수리공 놈'이라거나 다른 원수에 대해 말할 때 느껴지곤 했던 복수의 어조는 찾아보려야 찾아볼 수 없었다. 그녀의 목소리는 교회의 펌프 오르간의 구슬픈 소리처럼 슬프게 갈라지고 연약했다.

3년 동안 그녀는 매일 밤 현관 앞 계단에 앉아 홀로 조용히 앞쪽 길을 내려다보며 꼽추를 기다렸다. 그러나 꼽추는 끝내 돌아오지 않았다. 마빈 메이시가 꼽추를 창문으로 올려 보내 도둑질을 시킨다거나 아니면 서커스단에 팔아먹었다는 소문이 들리긴 했다. 그러나 이 소문은 둘 다 멀리 라이언에게서 나온 것이었다. 그의 얘기치고 사실인 것은 하나도 없었다. 미스 어밀리어가 치호의 목수 하나를 고용해서 집을 판자로 둘러쳐서 막게 한 것은 꼽추가 떠난 지 4년째 되던 해였다. 그 후로 그녀는 그렇게 완전히 폐쇄된 집에서 나오지 않았다.

그렇다. 마을은 황량하기 그지없다. 8월의 오후면 길은 뿌연 먼지를 뒤집어쓴 채 텅 비고, 그 위로 보이는 하늘은 유리처럼 맑다. 움직이는 것은 아무것도 없으며 공장의 기계들이 윙윙 돌아가는 소리만 날 뿐, 아이들이 떠드는 소리조차 들리지 않는다. 복숭아나무들은 매해 여름마다 점점 더 뒤틀려 자라는 것 같고 잎은 우중충한 잿빛으로 병든 것처럼 바삭거린다. 미스 어밀리어의 집은 오른쪽으로 심하게 기울어져 이제 완전히 무너져 내려앉는 것은 시간문제인 것 같다. 사람들은 될 수 있으면 그 집 주변에 가지 않으려고 조심한다. 이제 마을에서는 좋은 술을 구할 수가 없다. 제일 가까운 양조장이라고 해봤자 12킬로 정도나 떨어져 있고, 거기서 파는 술을 마시면 간에 땅콩만 한 혹이 자라고 위험한 꿈을 꾸게 된다. 이 마을에서는 도무지 할 일이라곤 없다. 물방아용 저수지 주위를 걷거나, 썩은 나무

그루터기를 걷어차 본다든가, 교회 근처의 길옆에 있는 낡은 마차 바퀴로 무엇을 할 수 있을지 생각해보는 것이 전부이다. 영혼은 지루함으로 점점 부패해간다. 차라리 포크스폴스 도로로 내려가서 쇠사슬에 묶인 죄수들의 이야기나 듣는 편이 나을지도 모른다.

  언젠가는 죽을 열두 명의 인간

  포크스폴스 도로는 마을에서 4킬로 정도 떨어져 있는데, 바로 이곳에서 쇠사슬에 묶인 죄수들이 일하고 있다. 이 도로는 자갈을 여러 겹 깔아 포장한 길인데 주(州)에서는 도로의 울퉁불퉁한 면을 고르게 하고 위험한 곳은 넓히기로 한 것이다. 죄수들은 열두 명으로, 전부 흑백으로 줄무늬가 쳐진 죄수복을 입고 발목마다 쇠사슬이 채워져 있다. 총을 든 간수가 한 명 있는데 그는 너무나 뚫어져라 죄수들을 감시하는지라 눈이 붉게 충혈되어 있다. 죄수들은 동이 트면 교도소 호송차에 실려와 떼 지어 내렸다가는 8월의 잿빛 황혼이 드리워질 때 다시 짐승 몰이 하듯 몰려 차에 실려가버린다. 그곳에서는 온종일 진흙땅을 파는 곡괭이 소리, 강렬한 햇빛, 그리고 땀 냄새가 있다. 그리고 그곳엔 매일 노래가 있다. 누군가 침울한 목소리로 콧노래 비슷하게 한 소절을 시작하면, 마치 질문에 대답하듯 얼마 후 다른 목소리가 어울리고 곧이어 모든 죄수가 합창을 한다. 노랫소리는 눈부신 황금빛 햇살 속에서 더욱더 우울하게 들리고 그 가락에는 슬픔과 즐거움이 미묘하게 뒤섞여 있다. 노랫소리는 점점 더 커져서 마침내 그 소리들이 열두 명의 죄수에게서 나오는 것이 아니라 땅에서, 또는 드넓은 하늘에서 울려 퍼지는 것 같다. 이 노래는 듣는 이의 마음을 열어주고 희열과 공포로 몸서리치게 한다. 그러다가 서서히 노랫소리가 잦아들어 한 가닥 외로운 선율만 남게 되면 다시 침묵 속에 거친 숨소리와 태양, 그리고 곡괭이 소리만 남을 따름이다.

그렇다면 이런 노래를 부를 수 있는 죄수들은 과연 어떤 사람들인가? 단지 이 지방 출신의 흑인 일곱 명과 백인 청년 다섯 명, 언젠가는 죽을 운명인 열두 명의 인간일 뿐이다. 함께 묶여 있는 열두 명의 인간들.

옮긴이의 말

혼자만의 사랑

『슬픈 카페의 노래』에 부치는 글

윌리엄 포크너와 함께 미국 남부의 대표적 작가 중의 하나인 카슨 매컬러스는 1917년 조지아주 콜럼버스에서 부유한 보석상의 딸로 태어났다. 어렸을 때부터 음악에 재능을 보여 다섯 살 때 피아노 레슨을 받기 시작했다. 열일곱 살 때에 줄리아드 음악원에서 피아노를 공부하기 위해 뉴욕으로 갔으나 지하철에서 등록금을 모두 잃어버려서 문학 수업을 시작했고, 1936년 피아노 신동의 사춘기적 심리를 그린 자전소설 「천재」로 문단에 데뷔했다.

이듬해에 또 다른 작가 지망생인 리브스 매컬러스와 결혼하여 노스캐롤라이나주로 이주했고(그녀에게는 늘 '남부 작가'라는 꼬리표가 따라다니지만 실상 대부분의 그녀의 작품들은 남부를 떠난 후에 쓰인 것이다), 『마음은 외로운 사냥꾼』(1940)을 써서 일약 혜성같이 나타난 천재 작가로서 널리 알려지기 시작했다. 그러나 결혼 생활은 평탄치 못했다. 작가로서의 재능이 부인에게 뒤지고 항상 매컬러스의 명성의 그늘에 살아야 했던 리브스는 심리적으로 매컬러스의 든든한 후견인으로 남아 있었지만, 각자 동성의 애인을 사귀어 이혼했다가 다시 재결합하는 등, 그들의 결혼 생활은 치열한 애증 관계의 연속이었다.

매컬러스는 일생 동안 쉴 새 없이 병마에 시달렸다. 열다섯 살 때 열병을 앓고 몇 번의 뇌졸중 투병을 거쳐 서른 살 초기부터는 이미 걷는 것조차 힘겨울 정도였다. 그러나 그녀는 마치 육체의 한계와 고통을 정신력으로 극복하려는 듯, 1967년에 뇌출혈로 죽을 때까지 왕성하게 작품 활동을 했다. 같은 문인이자 친구인 존 휴스턴은 "그녀는 늘 지독한 고통에 시달리면서도 삶을 대면하는 데 소극적이거나 심약하지 않았다. 병이 커질수록 그녀는 오히려 더욱 강해졌다."라고 말한 바 있다. 매컬러스는 『마음은 외로운 사냥꾼』 이후 『황금 눈에 비친 모습』(1941) 『결혼식 하객』(1946) 『슬픈 카페의 노래』(1951) 『바늘 없는 시계』(1961) 등의 소설들을 썼고, 이 작품들은 연극이나 영화로 재창작되어 성공을 거두기도 했다.

매컬러스의 작품에는 늘 상식의 탈을 벗은 사람들, 기묘하다고밖에 표현할 수 없는 인물들이 등장한다. 신체적 장애나 결손을 가진 사람들, 자기 보호 능력이 없는 어린아이들, 독특한 성향을 지니거나 기존의 집단에 의해 강제 추방을 당한 사람들 등, 어떤 형태로든 사회로부터 고립된 인물들이 제각기 나름대로의 심리적 구원을 모색하는 주제를 다룬다. 인간 존재의 깊숙한 곳까지 꿰뚫는 그녀의 작품은 첫눈에 낯설고 이상해 보이지만, 마음에 오랫동안 여운을 남기는 보편성도 함께 지닌다.

매컬러스 작품의 최고 걸작으로 알려진 『슬픈 카페의 노래』는 그녀의 이러한 작품 세계의 정수이다. 남부 조지아주의 어느 작은 마을을 배경으로 사랑의 삼각관계를 그리고 있는데 등장인물들은 모두 신체적, 성격적으로 '이상한' 인물들이다. 아버지가 경영하던 큰 사료 가게를 물려받아 운영하는 미스 어밀리어는 180센티의 장신에다 사팔뜨기이고 남자 이상으로 힘이 세고 건장하다. 그녀는 인색하고 야비하며 돈을 벌기 위해 수단 방법을 가리지 않는다.

마을 사람들로부터 고립된 그녀는 어느 날 자신의 가게로 흘러들어 온 꼽추 라이먼을 사랑하게 된다. 그리고 꼽추 라이먼에 대한 연민과 사랑으로 어밀리어는 변한다. 라이먼을 위하여 사료 가게를 카페로 만들고, 그리고 이 카페를 중심으로 쓸쓸하고 황폐했던 이 마을도 변하기 시작한다.

방적 공장에서 노동을 하며 오로지 생존을 위해 지리멸렬하게 살아가던 사람들에게 이제 삶의 무게를 잊고 술 한 잔을 마시는 여유, 함께 앉아 이야기를 나누는 기쁨, 서로를 이해하려는 공동체 의식이 생겨 카페는 '이 마을의 따뜻한 중심'이 된다. 어밀리어가 빚어내는 술에는 신비한 힘이 있어 '영혼 속의 비밀스러운 진실'까지도 불러내는 힘을 가졌고, 잠깐 동안이라도 자신이 '이 세상에 가치 없는 존재라는 아픈 기억을 잊고' 삶을 새롭게 살아갈 수 있는 용기를 준다.

'직조기와 저녁 도시락, 잠자리, 그리고 다시 직조기, 이런 것들만 생각하던 방적공이 어느 일요일에 그 술을 조금 마시고는 늪에 핀 백합 한 송이를 우연히 발견하게 될지도 모른다. 손바닥에 그 꽃을 올려놓고 황금빛의 정교한 꽃받침을 살펴볼 때 갑자기 그의 마음속에 고통처럼 날카로운 향수가 일게 될지도 모른다. 처음으로 눈을 들어 1월 한밤중의 하늘에서 차갑고도 신비로운 광휘를 보고는 문득 자신의 왜소함에 대한 지독한 공포로 심장이 멈추어버리는 듯한 느낌이 들지도 모른다. 미스 어밀리어의 술을 마시면 이런 일들을 경험하게 된다. 고통을 느낄 수도, 기쁨을 느낄 수도 있지만 결국 이 경험들이 보여주는 것은 진실이다. 그 술을 마시면 영혼이 따뜻해지고 그 안에 숨겨진 진실을 보게 되는 것이다.'

어밀리어가 목숨 걸고 사랑하는 라이먼은 부랑자이자 음흉한 책략꾼이지만, 사교성이 좋아서 사람들과 금방 친숙해지는 재능을 가졌다. 어밀리어는 라이먼을 위하여 모든 것을 바치며 사랑의 열병을 앓는다. 그런데 어느 날 어밀리어와 한 번 결혼한 적이 있었던 마빈 메이시가 찾아온다. 원래 성격이 흉포했던 그는 어밀리어를 열렬히 사랑하는 마음 때문에 양순하고 도덕적인 사람으로 변하고 어밀리어와 결혼하지만, 결국 사흘 만에 쫓겨난다. 사랑하는 사람으로부터 버림받은 그는 다시 성격이 포악해져서 여러 군데서 강도질을 하다가 체포되어 감옥에 있다가 가석방으로 나온 것이다. 이런 마빈 메이시를 보자마자 라이먼은 광적으로 메이시를 사랑하게 된다.

메이시는 한때 어밀리어를 사랑했고, 어밀리어는 라이먼을 사랑하고, 라이먼은 메이시를 사랑하고……. 이렇게 비논리적이고 비이성적인 사랑의 연결 고리에 대해 언급하면서 매컬러스는 사랑의 정의를 내리고 있다. 그녀의 모든 작품 중에서 가장 자주 인용되는 부분이므로 조금 장황하게 인용한다.

우선 사랑이란 두 사람의 공동 경험이다. 그러나 여기서 공동 경험이라 함은 두 사람이 같은 경험을 한다는 것을 의미하지는 않는다. 사랑을 주는 사람과 사랑을 받는 사람이 있지만, 두 사람은 완전히 별개의 세계에 속한다. 사랑을 받는 사람은 사랑을 주는 사람의 마음속에 오랜 시간에 걸쳐 조용히 쌓여온 사랑을 일깨우는 역할을 하는 것에 불과한 경우가 많다. 사랑을 주는 사람들은 모두 본능적으로 이 사실을 알고 있다. 그는 자신의 사랑이 고독한 것임을 영혼 깊숙이 느낀다. 이 새롭고 이상한 외로움을 알게 된 그는 그래서 괴로워한다. 이런 이유로 사랑을 주는 사람이 해야 할 일이 딱 한 가지가 있다. 그는 온 힘을 다해 사랑을 자기 내면에만 머무르게 해야 한다. 자기 속에 완전히 새로운 세상, 강렬하면서 이상야릇하고, 그러면서도 완벽한 그런 세상을 만들어야 한다. 한 가지 짚고 넘어갈 것은 여기서 사랑하는 사람이란 반드시 결혼반지를 사기 위해 돈을 모으는 젊은 남자일 필요가 없다는 것이다. 그는 남자일 수도 있고 여자, 아이, 아니, 이 지구상에 존재하는 그 어떤 인간도 될 수 있는 것이다.

  이제 사랑을 받는 사람에 대해서도 얘기해보자. 아주 이상하고 기이한 사람도 누군가의 마음에 사랑을 불 지를 수 있다. 어떤 사람은 제대로 걷지도 못하는 증조할아버지가 되어서도 20년 전 어느 날 오후, 치호 거리에서 스쳤던 한 낯선 소녀를 가슴에 간직한 채 계속해서 그녀만을 사랑할 수도 있다. 목사가 타락한 여자를 사랑할 수도 있다. 사랑받는 사람은 배신자일 수도 있고 머리에 기름이 잔뜩 끼거나 고약한 버릇을 갖고 있는 사람일 수도 있다. 사랑을 주는 사람도 분명히 이런 사실들을 알고 있지만, 이는 그의 사랑이 점점 커져가는 데에 추호도 영향을 주지 못한다. 어디로 보나 보잘것없는 사람도 늪지에 핀 독백합처럼 격렬하고 무모하고 아름다운 사랑의 대상이 될 수 있다. 선한 사람이 폭력적이면서도 천한 사랑을 자극할 수도 있고, 의미 없는 말만 지껄이는 미치광이도 누군가의 영혼 속에 부드럽고 순수한 목가를 깨울지도 모른다. 그래서 어떤 사랑이든지 그 가치나 질은 오로지 사랑하는 사람 자신만이 결정할 수 있다.

매컬러스의 사랑론에 의하면, 사랑이 신비로운 이유는 사랑이 서로 주고받는 상호적 경험이 아니라 혼자만의 것이기 때문이다. 그래서 사랑한다는 것은 고통을 수반하는 일이요, 외로움을 더욱 심화시키는 일이다. 어밀리어의 사랑은 너무나 치열하고, 너무나 고통스럽고, 그리고 동시에 너무나 환희에 차 있다. 그러나 어밀리어를 구한 사랑은 결국 그녀를 꽁꽁 묶는 족쇄가 된다. 그녀는 자기가 혼신을 다해 사랑하는 꼽추가 메이시에게 미쳐 있는 것을 참을 수 없다. 소설의 마지막 부분이자 클라이맥스에서 어밀리어와 메이시는 일대 격전을 벌인다. 메이시는 꼽추의 원조를 받아 어밀리어를 때려눕히고 둘은 그녀가 가진 모든 것을 파괴하고 함께 도망간다. 어밀리어는 그 후에도 3년간 꼽추를 기다리다가 카페 건물을 널빤지로 봉쇄하고 은둔 생활에 들어간다.

 이야기는 하나의 원을 그려서, 황량한 마을의 묘사에서 시작한 것과 마찬가지로 다시 마을의 묘사로 끝난다. 사랑이 떠나고 카페가 없어진 마을은 다시 황폐해지고, "영혼이 부패할 정도로" 무료해진 사람들은 다시 과거의 생활로 돌아간다. 사랑의 힘으로 생겨난 카페는 이제 완전히 퇴락하여 사랑의 덧없음, 폭력성의 증거가 되어 여전히 마을 중앙에 서 있다.

　매컬러스는 이야기의 마지막 부분에 얼핏 보기에는 이야기의 내용과 상관없어 보이는 에필로그를 붙였다. '언젠가 죽을 운명인 열두 명의 인간'은 『슬픈 카페의 노래』에 붙여진 후렴과 같다. 쇠사슬에 묶인 죄수들이 노역을 하면서 함께 하는 노래는 "듣는 이의 마음을 열어주고 희열과 공포로 몸서리치게" 하기도 한다. 그래서 어떤 의미에서 이 에필로그는 이야기 전체의 축약이다. 애절하게 노래 부르는 "죽을 운명인 열두 명의 인간들"처럼 우리는 지상에 잠깐 머물러 있을 뿐, 언젠가는 죽을 공동운명체이고, 제각기 사랑하고 사랑받는 연결 고리의 한 부분이다. 가끔씩 부르는 사랑 노래는 권태와 고통, 죽음을 수반하지만, 희열과 환희로 세상을 지탱하는 힘이 되기도 한다.

　『슬픈 카페의 노래』는 사랑과 고독의 내적 드라마요, 제목 그대로 외로운 사람들이 부르는 사랑의 노래이다. 그것은 인간 속에 내재해 있는 힘, 기적 같은 사랑의 힘에 부치는 찬송이요, 허무하게 가버린 사랑에 대한 비가(悲歌)이다. 기괴하고 이상한 인물들이 부르는 슬프고도 아름다운 연가는 모든 군더더기를 벗어버리고 발가벗은 상태로서의 사랑과 맞닥뜨리고자 하는 시도이다. 이 책에 통일성을 주는 것은 화자의 목소리이다. 한마디로 축약하자면 '이 황량한 마을에도 무언가 극적인 일이 한 번 있었다. 돈이 아니라 사랑이 그런 삶을 갖고 왔었다'라는 의미를 전하기 위해 시간을 초월해서 과거와 현재를 넘나들면서 향수 어린 목소리로 옛일을 회상한다. 마술 같은 사랑의 힘은 의미 없고 구원 없는 삶에 생기를 불어넣고, 본능적인 열정과 폭력성만 존재하는 세계에 변화와 기쁨을 가져다주었다.

그러나 짧은 사랑이 지나간 다음에는 영원한 고통만 남았다. 사팔뜨기 눈이 서로를 나누기 위해 더욱더 가운데로 몰리는, 너무나도 지독한 고독만 남았다. 그러나 그 사랑이 슬프다는 것은 우리의 생각일지도 모른다. 매컬러스가 사랑의 정의에서 말하듯이 '신 외에는 그 누구도 두 사람 사이의 사랑을 감히 판단할 수 없고, 아무도 그 어떤 사랑의 마지막 판관이 될 수 없기' 때문이다. 매컬러스가 '내게 있어 창작이란 신을 찾는 길'이라고 말한 것처럼, 『슬픈 카페의 노래』는 거의 종교와 같은 사랑을 통한 치열한 자기탐색의 결과였다.

이 책을 번역하는 데 생각보다 훨씬 더 많은 시간이 들었다. 한번에 한 페이지 이상을 번역하기 어려웠다. 어밀리어의 사랑이 너무 처절해서 숨이 막힐 지경이었고, 그 버림받음이 너무 완벽해서 눈물이 났다. 마치 무슨 성스러운 책을 대하듯, 어밀리어의 사랑이 행여 내 번역으로 와전되거나 약화될까 봐 문장 하나하나, 단어 하나하나에 마음이 쓰였다. 얼핏 보기에 단순하고 쉬워 보이지만, 서정적이고 우아한 문체도 번역하기가 까다로웠다.

이상한 사람들의 이상하기 짝이 없는 사랑 이야기가 이렇게 우리의 마음을 잡아 흔드는 이유는 무엇일까? 매컬러스의 인물들은 종종 '괴기스럽다(grotesque)'라는 형용사로 묘사되지만, 새삼 따지고 보면 그것이 삶 자체의 모습일지도 모른다. 어밀리어가 라이먼에게 선물로 주는 자신의 콩팥에서 나온 돌로 장식된 시곗줄이나 콜라병에 꽂힌 백합처럼 우리의 삶도 그렇게 이상하고 조화롭지 못한지도 모른다. 사랑과 고통, 기쁨과 절망, 고독과 동경 등, 서로 어울리지 않고 상반되는 요소가 공존하는 삶은 때로는 슬프고 때로는 우스꽝스럽고, 때로 아름답고 때로 추하고, 매일매일 다른 얼굴로 우리에게 다가오기 때문이다. 그래서 매컬러스의 작품을 읽으면 알지 못했던 나의 모습과 어느 날 갑자기 처음으로 맞닥뜨린 듯, 놀랍고 두렵고 슬퍼진다. 그래도 마치 오래전에 우연히 듣고 잊었던 아주 낭만적이고 아름다운 노래를 다시 들은 듯, 마음속 깊은 곳에 향수가 일고, 고통으로 정화된 듯, 깨끗한 숙명으로 삶을 받아들여 다시금 새롭게 살아가고 싶은 욕망이 솟는다.

『슬픈 카페의 노래』는 2002년 2학기에 서강대학교 대학원 영문과의 '번역의 이론과 실제'라는 과목에서 텍스트로 쓴 작품이다. 학생들은 각기 맡은 부분을 번역해 와서 서로 비교하고 열띤 토론을 벌였다. 젊은 열정과 순수한 믿음으로 어밀리어를 나보다 더 잘 이해한 학생들은 어밀리어의 사랑을 지켜주기 위해 말을 고르고 또 골랐다. 그래서 이 번역은 어떤 의미에서 이 과목을 수강한 모든 학생―김선영, 김승완, 김정진, 서미나, 성은희, 서혜란, 이경순, 이미진, 정혜욱, 최용국, 한은주―의 합동 작업이라고 해도 과언이 아니다. 열한 명의 학생과 나, 즉 '언젠가는 죽을 운명인 열두 명의 인간'인 우리들은 『슬픈 카페의 노래』라는 사랑의 족쇄를 차고 희열과 고통을 함께하며 언젠가는 그리움으로 회상할 소중한 추억을 만들었다.

장영희

카슨 매컬러스 연보

1917년
2월 19일, 미국 남동부 조지아주 콜럼버스에서 부유한 보석상의 딸로 태어났다.

1929년(12세)
촉망받는 피아니스트를 꿈꾸며, 정식으로 피아노 레슨을 받기 시작했다.

1932년(15세)
류머티즘열을 앓으면서 피아노 연주를 하기보다는 유명 작가들의 책을 읽기 시작했다.

1933년(16세)
아버지에게 글쓰기용 타자기를 선물받아 단편소설을 쓰기 시작했다.

1934년(17세)

피아니스트가 되려고 뉴욕의 줄리아드 음악 학교에 입학했으나, 아버지가 할머니의 반지를 팔아서 마련한 수업료를 지하철에서 잃어버려 학교에 가지 못했다. 뉴욕에서 생활하기 위해 다양한 일을 해야 했으며, 진로를 바꾸어 컬럼비아 대학과 뉴욕 대학에서 문예창작을 공부했다.

1936년(19세)

고향 콜럼버스로 돌아와 몇 달간 요양하며 문단 데뷔작인 첫 단편소설 「천재*Wunderkind*」를 집필했다. 「천재」는 피아노 신동의 사춘기적 심리를 그린 자전소설이다. 같은 해, 컬럼비아 대학 시절 스승이었던 휘트 버넷이 편집한 잡지 『스토리*Story*』 12월 호에 이 작품이 실렸으며, 이때부터 본격적으로 소설 『마음은 외로운 사냥꾼*The Heart is a Lonely Hunter*』의 집필을 시작했다.

1937년(20세)

9월 20일 작가 지망생이자 군인 신분이었던 리브스 매컬러스와 결혼했다. 하지만 알코올중독과 두 사람의 양성애적 성향으로 인한 외도, 그리고 매컬러스의 작가적 재능에 대한 리브스의 끊임없는 질투에 연유한 우울증 등으로 결혼 생활은 오래가지 못했다.

1938년(21세)

호튼 미플린 출판사로부터 『마음은 외로운 사냥꾼』 6장(章) 분량의 원고를 계약금 500달러에 계약하자는 제안을 받았다.

1940년(23세)

6월, 장편 처녀작인 『마음은 외로운 사냥꾼』을 발표했다. 현대사회의 인간이 당면한 정신적 고립이라는 이 작품의 주제는 이후 매컬러스의 모든 작품의 주제에 영향을 미쳤다. 매컬러스는 이 작품에서 미국 남부의 작은 카페를 배경으로 외로운 섬처럼 살아가는 다섯 사람의 모습을 섬세하게 묘사했다. 24시간 카페를 아내와 단둘이 운영하는 비프 브래넌, 사회주의를 꿈꾸는 급진주의자 제이크 블런트, 유일한 탈출구로 음악을 꿈꾸는 소녀 믹 켈리, 흑인이 존중받는 정의로운 사회를 갈망하는 흑인 의사 코플랜드. 이들은 끊임없이 세상으로부터 탈출을 바라지만, 할 수 있는 것이라고는 듣지 못하고 말하지 못하는 카페 단골손님인 존 싱어에게 자신의 고민을 털어놓고 위안을 얻는 것뿐이다. 이 작품은 출간 직후 23세에 썼다고 믿기 힘들 만큼 내용 구성과 완성도 측면에서 호평을 받았으며, 프랑스 문호 앙드레 지드가 '미국 문단의 기적'이라 극찬하기도 했다. 후에 전 세계 15개 언어로 번역되었고, 1968년에 영화화되었다.

1941년(24세)

소설 『황금 눈에 비친 모습 Reflections in a Golden Eye』을 발표했다. 평가는 많이 엇갈렸지만, 대체로 첫 작품만큼 성공적이지는 못했다. 이 해에 처음으로 뇌졸중으로 병원 신세를 져야 했다.

4년간의 결혼 생활 끝에 리브스 매컬러스와 이혼했다. 이혼 후에 뉴욕으로 이주했으며, 리브스 매컬러스와 카슨 매컬러스가 동시에 작곡가인 데이비드 다이아몬드라는 남자를 사랑하며 삼각관계를 이루기도 했다. 이때의 경험이 소설 『결혼식 하객 The Member of the Wedding』과 『슬픈 카페의 노래 The Ballad of the Sad Café』의 집필에 영향을 끼쳤다. 브루클린의 예술가 집단(February House)의 일원이 되었다.

1942년(25세)

단편소설 「나무 한 그루, 바위 한 개, 구름 한 조각 A Tree. A Rock. A

Cloud」을 발표했다.

1943년(26세)
예술가 집단 '야도*Yaddo*'에서 『슬픈 카페의 노래』 집필을 시작했다. 미국 문예 아카데미에서 1천 달러를 후원받았다.

1944년(27세)
8월, 아버지의 갑작스런 죽음 후 어머니와 여동생 리타와 함께 뉴욕의 나이액으로 이주했다.

1945년(28세)
3월 19일, 리브스 매컬러스와 뉴욕에서 재혼했다.

1946년(29세)
소설 『결혼식 하객』을 발표했다. 직접 연극으로 각색하여 공연했고, 500회나 되는 롱런을 기록했다. 후에 영화화되기도 했다. 남편 리브스 매컬러스와 함께 파리로 가서 이후의 많은 시간을 보냈다.

1947년(30세)
두 차례의 심각한 뇌졸중을 겪었다. 이후 몸 왼쪽이 완전히 마비되어 휠체어에 의지해 생활해야 했다.

1948년(31세)
잡지 『마드무아젤*Mademoiselle*』에서 선정한 '훌륭한 미국 여성 10인'에 뽑혔으며 메리트상을 수상했다. 같은 해 휠체어 생활과 병의 악화가 원인이 되어 극심한 우울증에 시달리며 자살을 기도했다.

1950년(33세)

『결혼식 하객』의 성공적인 연극 상연으로 뉴욕 극평론가상 최우수연극상을 수상했다.

1951년(34세)

카슨 매컬러스의 작품 중에서 가장 우수한 작품으로 평가되고 있는 소설 『슬픈 카페의 노래』를 포함한 단편집이 발표되었다. 이 작품은 인간의 오랜 화두인 사랑의 본질을 탐색하는 소설로, 타인에 대한 격렬한 욕망과 결국은 철저히 혼자 남게 된다는 관념의 모순을 절제된 문장과 뛰어난 구성으로 그려낸 아름다운 작품이다.

1953년(36세)

남편 리브스가 우울증이 심해져 동반 자살을 권했다. 카슨 매컬러스는 거절했고, 리브스는 11월 파리의 한 호텔 방에서 수면제 과다 복용으로 스스로 목숨을 끊었다.

1957년(40세)

남편의 죽음을 자전적으로 풀어낸 희곡 「경이로움의 제곱근 *The Square Root of Wonderful*」을 발표했다. 이 작품은 브로드웨이에서 상연되었지만, 혹평을 받아 공연 횟수는 45회에 그쳤다. 연극이 실패한 것에 대한 낙담과 뇌졸중으로 실의에 빠져 있다. 정신과 의사 메리 머서를 만나 글쓰기에 힘을 얻었다.

1961년(44세)

소설 『바늘 없는 시계 *Clock without Hands*』를 발표했고, 오 개월 동안 베스트셀러에 올랐다. 이 작품은 휠체어에 탄 채 거의 움직이지도 못하는 상태에서 하루에 한 페이지씩 써 내려간 것으로 알려져 있다. 또한 연극이나 영화로 각색되지 않은 유일한 작품으로, 문단의 평이 엇갈렸다.

1962년(45세)
유방암과 마비된 왼손을 치료하기 위해 수술했다.

1963년(46세)
『슬픈 카페의 노래』가 에드워드 앨비에 의해 연극으로 각색되어 브로드웨이에서 123차례나 무대에 올랐고, 각종 연극상을 휩쓸었다.

1964년(47세)
동시를 모은 작품집 『피클처럼 달콤하고 돼지처럼 깨끗한 *Sweet as a Pickle and Clean as a Pig*』을 발표했다.

1966년(49세)
자서전을 집필하기 시작했다.

1967년(50세)
8월 15일, 뇌졸중으로 투병을 시작하여, 46일간 혼수상태에 빠져 있다, 9월 29일 뇌출혈로 사망했다. 뉴욕 나이액의 집 근처 허드슨강 유역의 오크힐 묘지에 묻혔다. 장례식에는 작가 트루먼 커포티와 테네시 윌리엄스, 영화배우 미르나 로이와 줄리 해리스 등 유명 인사들이 참석했다. 소설 『황금 눈에 비친 모습』이 같은 제목으로 존 휴스턴 감독, 엘리자베스 테일러, 말런 브랜도 주연으로 영화화되었다.

1968년
미국에서 『마음은 외로운 사냥꾼』이 로버트 엘리스 밀러 감독, 앨런 아킨, 손드라 로크 주연의 영화로 개봉했다.

1972년

단편소설과 시, 에세이 등의 유작을 모은 『저당 잡힌 마음 *The Mortgaged Heart*』이 여동생 리타에 의해 발표되었다.

1991년

『슬픈 카페의 노래』가 사이먼 캘로 감독, 버네사 레드그레이브, 키스 캐러딘 주연의 영화로 개봉했다.

1999년

미완성으로 끝났던 자서전이 30년이 훨씬 지난 후에야 칼로스 L. 듀스에 의해 『조명과 밤의 빛 *Illumination and Night Glare*』으로 발표되었다.

슬픈 카페의 노래

초판 1쇄 발행 2005년 2월 25일
2 판 1쇄 발행 2014년 3월 14일
3 판 1쇄 인쇄 2024년 9월 13일
3 판 1쇄 발행 2024년 9월 30일

지은이 카슨 매컬러스
옮긴이 장영희
펴낸이 정중모
펴낸곳 도서출판 열림원
출판등록 1980년 5월 19일(제406-2000-000204호)
주소 경기도 파주시 회동길 152
전화 031-955-0700
팩스 031-955-0661
홈페이지 www.yolimwon.com
이메일 editor@yolimwon.com

페이스북 /yolimwon
트위터 @yolimwon
인스타그램 @yolimwon

기획실 정재우
책임편집 김종숙
편집 박지혜 김은혜 정소영 김혜원
디자인 강희철

마케팅 홍보 김선규 고다희
온라인사업 서명희
제작 관리 윤준수 고은정 구지영 홍수진
표지 디자인 석윤이

ISBN 979-11-7040-287-9 04800
ISBN 979-11-7040-193-3 (세트)

* 저자와 출판사의 서면 허락 없이 내용의 일부를 무단 도용하거나 발췌하는 것을 금합니다.
* 책값은 뒤표지에 있습니다. 잘못된 책은 구입하신 곳에서 교환해드립니다.